Februar 2006

Als Erinnerung
an die schönen
Nachmittags-Teestunden
im Waldfrieden

Gerda Maria Bühler
Herten Aüer.

D1671097

Gerda Maria Bühler

Der Stern vom Mond

Science-fiction-Liebesroman

FRIELING

Die Deutsche Bibliothek – CIP-Einheitsaufnahme
Bühler, Gerda Maria:
Der Stern vom Mond : Science-fiction-Liebesroman
Gerda Maria Bühler. – Orig.-Ausg.,
1. Aufl. – Berlin : Frieling, 2000
ISBN 3-8280-1205-1

© Frieling & Partner GmbH Berlin
Hünefeldzeile 18, D–12247 Berlin-Steglitz
Telefon: 0 30 / 76 69 99-0

ISBN 3-8280-1205-1
1. Auflage anno 2000
Umschlaggestaltung: Designbureau Di Stefano
Printed in Germany

Inhalt

Erster Teil

Begegnung auf Sizilien

Kapitel 1

4. April, Ostermontag, der Tag der Auferstehung. Für mich war es der schwerste Tag meines Lebens. Für mich stürzte der Himmel ein. Morgens um 9.00 Uhr starb mein Mann Peter in meinen Armen. Schnell, unerwartet und für mich völlig sinnlos, denn er war ja erst 59 Jahre alt.

Heute ist wieder der 4. April, zwei Jahre sind seitdem vergangen. Manchmal frage ich mich, wie ich es geschafft habe, einfach weiterzuleben. Die ersten Wochen und Monate danach waren grauenhaft. In der ersten Zeit denkt man immer nur, warum ich. Ich glaube, jeder Mensch der einen Toten zu betrauern hat, ist der Meinung, so wie ich mußte noch keiner leiden. Aber leiden muß jeder, jeder auf eine andere Weise.

Irgendwo saß immer über mir die Spinne, die zu jeder Tageszeit oder an jedem Ort ihr Netz über mich warf, es je nach Laune mehr oder weniger stark über mich zusammenzog. Manchmal glaubte ich, mir blieb der Atem stehen, oder ich war einer Ohnmacht nahe. Die Fäden ihres Netzes verbargen Erinnerungen, Tausende von Erinnerungen einer langen Ehe. Gesten, Worte, Liebesbezeugungen, schöne Stunden. Alles war in den Fäden eingewoben und sie wurden wie Brandmale in meine Seele gepreßt.

Die Fäden waren nicht nur mit Erinnerungen getränkt, sondern auch mit Angst und Panik. Angst vor dem Alleinsein, Angst vor Krankheit, Angst vor dem Alter, Angst, es alleine einfach nicht zu schaffen, Angst vor den Menschen, die einen verletzen können und Angst vor der Angst.

Dann gab es noch so hilfreiche Sprichwörter, die einem den Verlust leichter machen sollten, wie ›die Zeit heilt alle Wunden‹, aber wie lange sich die Zeit ausdehnen kann, wußte niemand. Oder: ›Was dich nicht umbringt, macht dich stark.‹ Aber in der Praxis ist das Umbringen leichter als das Starkwerden.

Die Spinne lauert immer noch irgendwo, aber ich bin stärker geworden. Dadurch kann sie ihr Netz nicht mehr so eng um mich ziehen. Die Erinnerungen bringen mir nicht mehr nur Herzeleid, sondern sind ein Teil meines Lebens geworden. Sie gehören dazu, als mein zweites Ich.

Wenn ich nun über die Jahre zurückdenke, bleiben mir wenig Höhepunkte. Die Trauer und das Alleinsein waren immer im Vordergrund. Es wurde Sommer, Herbst und Winter. Nun wird es wieder Frühling.

Frühling ist immer ein Neuanfang, für die Natur und vielleicht auch für die Menschen. Man sollte die alten Blätter abstreifen und sich mit Knospen der Hoffnung umgeben.

Ich habe mich nun endlich dazu entschlossen, mit Freunden nach Sizilien in Urlaub zu fliegen. Es werden dort zwar wieder Erinnerungen wach werden, denn wir waren schon zweimal auf der Insel. Peter war von ihr genauso begeistert wie ich.

Aber ich hoffe, daß mir die Erinnerungen nicht das Herz verwunden, sondern daß ich mit Dankbarkeit an die schöne Zeit mit ihm denken kann.

Irgendwie fieberte ich dem Urlaub entgegen. Doch in einer geheimen Ecke hatte ich Angst, wie wird es sein, alleine in der Nacht in einem Hotelzimmer, ohne ihn. Aber der Sprung in das kalte Wasser war die einzige Möglichkeit, um endlich etwas zu unternehmen.

Samstag, unser Flug war für 12.00 Uhr angesetzt. Ich konnte in der Nacht nicht schlafen und war voller Unruhe, als wäre es mein erster

Flug. Eigentlich stimmte es ja auch, denn ich flog alleine, zwar mit Rosi und Klaus, aber für mich alleine.

Bei sehr schönem Wetter konnten wir den Flug bis Catania genießen. Dort war das übliche Flughafengedränge, bis jeder seinen Koffer hatte und den Bus ausfindig machte, der ihn zum Hotel bringen sollte. Endlich hatten auch wir es geschafft, der Bus fuhr los in Richtung Taormina.

Ich kannte ja die Strecke schon von früheren Urlauben. Die wechselnde Landschaft, dann endlich der Blick auf den Ätna, ist für mich immer wieder ein Erlebnis. Der Berg hat für mich fast eine magische Anziehungskraft.

Die meisten Urlauber von Taormina waren in ihren Hotels untergebracht, als am Schluß, Rosi, Klaus und ich, sowie ein weiterer Urlauber ins Hotel Siras gebracht wurden. Man erwartete uns schon in der Eingangshalle. Wir bekamen unsere Zimmerschlüssel und der Portier meinte, wir sollten gleich in den Speisesaal gehen, das Abendessen hätte schon begonnen. Unsere Koffer würden dann aufs Zimmer gebracht werden.

Im Speisesaal wurden wir vom Ober an einen Vierertisch begleitet und er meinte dazu: »Ich nehme an, daß Sie zusammen sitzen wollen?«

Für uns war das natürlich selbstverständlich. Nur unser Mitreisender sah etwas ratlos aus und man sah ihm an, daß es ihm peinlich war, einfach in unsere Gemeinschaft einbezogen zu werden. Ich beruhigte ihn dann und meinte: »Wie Sie sehen, ist hier alles besetzt, also hätten Sie automatisch an unserem Tisch Platz nehmen müssen.«

Wir entschieden uns dann alle, nur noch das Hauptgericht und die Nachspeise zu bestellen, da die Suppe und Vorspeise bereits serviert waren. Das Essen war gut, die Unterhaltung erstreckte sich über Belangloses. Als dann abgeräumt war, meinte unser Tischnachbar. »Nun möchte ich mich als Erster vorstellen. Ich bin aus München und mein Name ist Robert Wagner. Möchte aber hinzufügen, daß ich weder verwandt, noch bekannt mit dem Schauspieler gleichen Namens bin.« Dann stellte ich mich vor: »Ich bin auch aus München und mein Name ist Gudrun Rühler.« Klaus meinte dann: »Wir sind natürlich auch aus München, das ist meine Frau Rosi und ich bin Klaus Sieger. Danach reichten wir uns die Hände und ich dachte mir dabei, vielleicht ist das der Beginn einer netten Urlaubsbekanntschaft.

Unser Wagner Robert wurde danach sehr gesprächig und wißbegierig fragte er: »Was ich so mitbekommen habe, waren Sie schon öfter hier und kennen sich bestimmt gut aus. Dann wissen Sie, was man hier so alles unternehmen kann. Wenn Sie mich schon so nett an Ihrem Tisch aufgenommen haben, hoffe ich, daß Sie mich auch mit den Sehenswürdigkeiten der Stadt und Insel vertraut machen.« Ich versicherte ihm dann, daß ich ihm gerne die Schönheiten der Stadt und Insel zeigen würde und er könne mir glauben, ich würde eine gute Reiseleiterin abgeben.

Langsam leerte sich der Speisesaal. Auch wir entschlossen uns, unsere Zimmer aufzusuchen.

Der Koffer war noch auszupacken, außerdem sehnte ich mich nach einer Dusche. Aber dann, was kam dann? Ich mußte alleine in meinem Zimmer ins Bett gehen. Der Gedanke schockte mich. Ich nannte mich selbst hysterisch – ich wußte doch, was mich erwartet – aber wenn man vor den Tatsachen steht, dann spielt das Gefühl doch verrückt.

Ich wollte auf alle Fälle noch etwas unternehmen. Ich fragte daher, ob nicht jemand Lust hätte, auf einen Schlummertrunk auf der Hotelterrasse. Dabei beteuerte ich, daß es dort sehr gemütlich wäre, man hätte die Lichterkette von Kalabrien vor sich, der Mond und die Sterne würden sich im Meer spiegeln und der Wein wäre auch gut.

Meinem Angebot konnte sich natürlich keiner entziehen. Daher wollten wir uns in einer Stunde auf der Terrasse treffen. Es war dann auch wirklich, wie ich es versprochen hatte, sehr stimmungsvoll. Die sternklare Nacht und der zunehmende Mond, taten das ihrige dazu. Der Wein hatte mir dann Mut gemacht, alleine die erste Nacht zu überstehen.

Kapitel 2

Bei strahlendem Sonnenschein trafen wir uns am nächsten Morgen zum Frühstück im Speisesaal. Jeder behauptete, gut geschlafen zu haben. Zu meiner Verwunderung mußte ich feststellen, daß auch ich gut geschlafen hatte.

Nach eingehender Beratung entschieden wir uns, den ersten Tag mit einem Bummel durch Taormina zu beginnen. Dabei konnten wir Geld wechseln, einkaufen, auf dem Corso ein Bier trinken. Auch unser Tischnachbar wollte sich uns anschließen. Wir verabredeten uns dann für 11.00 Uhr in der Hotelhalle.

Dank der günstigen Lage unseres Hotels hatten wir nur ein kurzes Stück bis zum Zentrum von Taormina. Wir schlenderten dann über den Corso Umberto. Für die Männer wahrscheinlich etwas zu langsam, aber die vielen Geschäfte mußten von uns ja besichtigt werden. Im Kaffee ›Wunderbar‹ bekamen wir dann noch einen Sitzplatz. Da Taormina auf einem ausgedehnten Plateau hoch über dem Meer liegt, hat man von dort den schönsten Panoramablick auf die Bucht und den Ätna.

Bier ist gut gegen den Durst, das konnten wir auch auf Sizilien feststellen – es schmeckte uns ausgezeichnet! Nebenbei konnte man das lebhafte Treiben der Touristen und Einheimischen beobachten, oder man verliebte sich in die herrliche Aussicht.

Nach dem Abendessen wollten wir Taormina bei Nacht erkunden. Ich hatte natürlich noch die romantischen Gäßchen mit den Weinlokalen in Erinnerung, dort konnte man auf der Straße mit südlichem Flair sitzen.

Die Luft war mild, der Wein sehr gut, die Stimmung der Menschen war leicht und beschwingt. Aber für mich kamen immer wieder Sekunden der Trauer, voller Sehnsucht dachte ich an Peter. Warum konnte er nicht dabei sein, warum mußte er mich verlassen. Es ist so schwer, die Schönheiten und jetzt die gemütliche Stimmung allein zu genießen.

Wenn man uns so betrachtet, dachte wohl jeder, die Urlauber sind doch glückliche Menschen. Doch diese Idylle ist oft nur Täuschung. Jeder bemüht sich, den Mitmenschen nur den heiteren und heilen Teil seines Lebens zu zeigen. Das wird einfach von unserer zivilisierten Gesellschaft erwartet. Kummer und Traurigkeit passen eben nicht zwischen Computer und Erfolgsstreben! Trotz meiner heiteren Gelassenheit fühle ich mich elend und zerrissen, verlassen und einsam. Bei Rosi und Klaus ist die Heiterkeit auch nicht ganz echt, ihre Mutter ist erst vor einem halben Jahr gestorben. Von unserem Tischnachbarn hatte ich auch Schwingungen aufgefangen, die sich nicht vor Fröhlichkeit überschlugen.

Aber trotzdem kehrten wir vergnügt zum Hotel zurück, nicht vergessend, von der Hotelterrasse noch einen Blick auf den Sternenhimmel zu werfen. Der Mond zog eine silberne Bahn durchs Meer. Die Lichter an der Küste flimmerten wie beleuchtete Edelsteine. Es war eine Nacht zum Verlieben. In so einem Augenblick, wenn die Natur ihren ganzen Charme und Schönheit vor einem ausbreitet, möchte man dem danken, der dieses geschaffen hat.

Wir wünschten uns gegenseitig eine gute Nacht und gingen schlafen. Doch am Morgen würde es keiner erfahren, ob der Nachtschlaf auch gut war.

Ich hatte eine sehr unruhige Nacht. Alpträume quälten mich, wahrscheinlich war der Mond daran schuld. Vielleicht war es auch die Einsamkeit und die Sehnsucht nach der Nähe eines geliebten Menschen.

Am Montag hatten wir uns für einen Badetag am Meer entschlossen. Von einem Busparkplatz wurden die Urlauber von ihren Reisegesellschaften mit einem Minibus zum Strand gefahren. Um zu dem Parkplatz zu gelangen, gab es zwei Möglichkeiten.

Entweder benützte man die Seilbahn, oder die Sportler – so wie wir – benützten natürlich die Treppen und gingen zu Fuß.

Blauer Himmel, Sonnenschein und blaues Meer. Dazu einen Liegestuhl mit Sonnenschirm, das ist Urlaub pur. Das Wasser war warm, nur leichte Wellen schaukelten den Schwimmer über die Meeresfläche. Die ganze Glückseligkeit für mich. Ich liebe die Elemente, Luft, Wasser und sogar Feuer, aber nur, wenn es nicht zerstört.

Kapitel 3

Dienstag: Rosi und Klaus wollten einen gemütlichen Tag am Hotelpool einlegen. Ich überredete unseren Tischnachbarn, mit mir zum ›Castel Mola‹ zu fahren. Viel Überredungskunst brauchte ich nicht anwenden, er war sofort und wie ich merkte, gerne damit einverstanden.

Wir benutzten den Bus, der um 11.00 Uhr nach Mola fuhr. Schon die Fahrt ist ein Genuß. Zuerst durch die engen Gassen von Taormina, dann die Serpentinen hoch bis nach Mola. Nach jeder Kurve wird ein anderes Bild der herrlichen Landschaft sichtbar.

In Mola angekommen, wollte ich meinem Begleiter zuerst das Castel zeigen. Außer ein paar Außenmauern ist nicht mehr viel davon übrig geblieben. Dafür ist der Panoramablick einmalig. Es war so klar, deshalb war die Küste zum Greifen nahe. Ich meinte deshalb scherzhaft: »Wenn wir nicht auf Sizilien wären, könnte man glauben, wir wären in Bayern in den Bergen bei Föhnstimmung.«

Wie immer hatte ich mein Fernglas dabei. Als ich es dann meinem Nachbarn anbot, damit er die vor uns liegende Welt ansehen konnte, war er einfach hingerissen.

Als er mir das Fernglas zurückgab, meinte er: »Donnerwetter, das ist aber ein extrem scharfes Ding. Damit kann man fast die Fische im Meer sehen. Aber komisch, da ist keine Stärke angegeben und auch kein Fabrikat.«

»Ja, das stimmt, das ist auch ein Erbstück meines Großvaters. Er sagte immer, das war seine Kriegsbeute und die hatte er dann mir anvertraut. Sein Wahlspruch war, nimm das Glas immer mit, denn wer gut in die Ferne sehen kann, ist immer einen Schritt voraus. Und ich muß sagen, mir hat das Glas schon gute Dienste geleistet.« Wir standen dann noch eine Zeitlang schweigend an der Burgmauer und jeder hing seinen Gedanken nach.

Die Stille unterbrechend, fragte ich dann: »Sind Sie nicht durstig? Haben Sie nicht Appetit auf etwas Gutes? Ich kenne hier ein Lokal, dort gibt es noch Kaninchenbraten, guten Wein und Mandelkuchen.« Seine glänzenden Augen waren Bestätigung genug. Wir verließen dann das Castel in Richtung Gasthaus.

Von unserem Tisch auf der Terrasse des Gasthauses, hatten wir einen ungetrübten Blick auf den Ätna. Man konnte ihn in seiner ganzen Schönheit bewundern, denn keine Wolke umhüllte sein Haupt. Ich war natürlich von dem Anblick fasziniert.

Lachend meinte mein Nachbar: »Wollen wir nicht den Wein probieren, bevor er warm wird? Trinken wir auf den Ätna. Prost. Ich kann mir nicht helfen, aber kann es sein, daß Sie ein Fan von dem Berg sind?«

»Da könnten Sie recht haben, ich bin sonst kein Bergfreund, aber der Ätna hat für mich eine schon fast unheimliche Anziehungskraft. Er hypnotisiert mich, ich versuche immer einen Platz zu finden, daß ich ihn im Blickfeld habe. Irgendwas Schicksalhaftes verbindet mich mit ihm, ich weiß zwar noch nicht, was.« Unser Gespräch wurde unterbrochen, denn der Kaninchenbraten wurde gebracht. Schon der Duft alleine ließ einem das Wasser im Munde zusammenlaufen. Wir genossen die Köstlichkeit fast schweigend.

Als der Tisch abgeräumt war und wir noch Wein nachbestellten, kam unsere Unterhaltung wieder in Schwung.

Als erster brach mein Nachbar das Schweigen: »Was ich Sie schon lange fragen wollte, ich hoffe, Sie nehmen es mir nicht übel?«

Ich unterbrach ihn und meinte: »Sie möchten gerne wissen, warum ich alleine hier bin.«

»Ja, genau das wollte ich Sie fragen. Aber Sie brauchen mir nicht zu antworten, wenn ich zu sehr in Ihre Intimsphäre eindringe.«

»Die Frage habe ich schon lange erwartet, meistens sind die Leute nicht so taktvoll, es ist immer die erste Frage, wenn man alleine ist. Dabei fällt es mir immer noch schwer, darauf zu antworten. Leider ist mein Mann vor zwei Jahren gestorben. Er war erst 59 Jahre alt, was für ihn und erst recht für mich zu früh war.«

Bestürzt meinte er dann: »Das tut mir leid, das war bestimmt nicht leicht für Sie gewesen.«

»Das war auch nicht leicht und ist es jetzt auch noch nicht. Ich ging lange Zeit über einen schmalen Grat. Die Gefahr dabei abzustürzen, ja sogar abstürzen zu wollen, war sehr groß dabei. Das Weitergehen war oft sehr schwer, mit Tränen in den Augen war die Sicht so schlecht und die Zukunft verschwommen. Nun ist der Weg inzwischen breiter geworden, aber der Abgrund an beiden Seiten ist immer noch vorhanden. Vergessen kann man einen geliebten Menschen eben nie. Aber ich habe einen Trost, ich habe nämlich nur gute Erinnerungen an unsere Ehe.«

»Das kann ich von meiner Ehe nicht gerade behaupten. Nach der Trennung von meiner Frau vor fünf Jahren blieben nicht die besten Erinnerungen zurück. Mein Alleinsein fing auch mit einem Schock an. Es war an meinem 50. Geburtstag. Ich kam früher nach Hause als gedacht, und wollte meine Frau überraschen. Aber überrascht wurde ich, als ich meine Frau mit einem anderen Mann in meinem Bett vorfand. Die Überraschung war dann beiderseitig. Nun sind wir geschieden. Ich liebte meine Frau sehr und hatte ihr blind vertraut. Für mich war es wichtig, daß man sich aufeinander verlassen konnte! So muß eben jeder seine Schicksalsschläge einstecken.«

Ich gab dann zu bedenken: »Aber es müssen doch nicht unbedingt so harte und brutale Schläge sein, oder?«

»Ja, das stimmt, aber Schläge sind Schläge. Ein sensibler Mensch empfindet wahrscheinlich härter als jemand, der abgehärtet oder für tiefe Empfindungen nicht fähig ist. Ich glaube, daß wir beide sehr empfindsame Seelchen sind. Deshalb hätte uns das Schicksal nicht so hart in die Mangel nehmen dürfen.«

Das waren Worte eines Mannes, der sehr tief verletzt wurde. Als sich dann in meinem Herzen die Traurigkeit zu legen begann, was bei dem tiefschürfenden Gespräch kein Wunder war, sagte ich: »Was halten Sie davon, wenn wir uns als Seelentrost einen Mandelkuchen mit Kaffee genehmigen?«

»Ich sehe schon, ohne Ihren Mandelkuchen werde ich Sie nicht zum Gehen bewegen können.« Dann nahm er meinen Arm, zog mich zu sich heran und flüsterte mir ins Ohr: »Wenn wir schon sündigen, dann aber richtig, dazu gehört dann auch ein Weinbrand und zwar ein einheimischer, einverstanden?« Ich konnte dazu nur nicken, denn ich war in der Stimmung, auch mit Alkohol einverstanden zu sein, wenn ich nur aus meiner depressiven Stimmung gerissen würde. Als dann der Weinbrand serviert wurde, kam mir spontan der Gedanke, daß ich ihm eigentlich das ›du‹ anbieten könnte. Ich, als die Ältere darf es ja, ich 58 Jahre, er 55 Jahre, das geht.

Also nahm ich meinen Mut zusammen und fragte ihn: »Sagen Sie, was halten Sie davon, wen wir zwei verlorene Seelen Bruderschaft trinken würden, das passende Getränk wäre ja vorhanden?« Ich hatte schon Angst, etwas falsch gemacht zu haben, aber dann strahlte er mich an, er hatte nämlich unglaublich blaue Augen und meinte: »Das entspricht ganz meinen Wünschen, ich bin sehr glücklich darüber.« Wir erhoben unsere Gläser und prosteten uns zu. Danach nahm er meinen Kopf in beide Hände und küßte mich voller Zärtlichkeit. Ich war so gerührt davon, daß ich mich zusammenreißen mußte, um nicht in Tränen auszubrechen. Seit dem Tode meines Mannes hatten meine Lippen keinen Kuß mehr von dieser Zärtlichkeit gespürt. Die Pflichtküsse von unseren, jetzt von meinen Bekannten, wurden mir in der letzten Zeit direkt lästig, denn sie wollten manchmal mehr ausdrücken, als mir lieb war.

Als wir den Kuchen und den Kaffee auch noch geschafft hatten, waren wir gut gesättigt. Ich machte dann den Vorschlag, daß es das Klügste wäre, wenn wir zu Fuß nach Taormina zurückgehen würden. Außerdem wäre auf dem Weg noch eine Ruine zu besichtigen. Der Aufstieg würde einige Kalorien, die wir zuviel zu uns genommen hatten, verbrauchen. Robert war damit einverstanden und so zogen wir los. Ich vergaß natürlich nicht, meinem Berg noch einen Blick zu gönnen. Aber jetzt hatte er sein Haupt mit einer weißen Wolke verhüllt, die aussah wie ein Hut, der sich im Wind etwas erhob und sich dann wieder senkte. Ich gab Robert einen Schubs und meinte: »Schau, der Ätna hat einen Hut auf und will uns zum Abschied damit winken.« Lachend verließen wir das Lokal. Zuerst ging es ja bergab. Aber danach kam noch der etwas steile Anstieg zu der Ruine, aber wir schafften auch das noch!

Als wir mit Rosi und Klaus nach dem Abendessen noch auf der Hotelterrasse saßen, die Herren sich in politische Themen vertieften, meinte Rosi: »Komm mit an die Brüstung der Terrasse, wir wollen uns die Sterne ansehen.« Ich wußte sofort, sie wollte mit mir alleine sein. Nach kurzer Pause fragte sie mich dann: »Ich hoffe, du findest den Robert auch sympathisch? Klaus und ich finden ihn sehr nett.«

»Ich finde ihn auch sehr liebenswert, daher habe ich ihm auch heute Nachmittag das ›du‹ angeboten.«

»Prima, ich finde, es wäre schon an der Zeit, daß du wieder Kontakt suchst. Du kannst doch nicht dein restliches Leben als einschichtige Henne durch die Gegend rennen. Du bist lange genug mit Scheuklappen einhergegangen, um ja nicht links oder rechts sehen zu müssen.«

Ihre Worte machten mich nachdenklich, vielleicht hatte sie sogar recht. In meiner Verzweiflung hatte ich nicht bemerkt, daß ich mich isoliert und abgekapselt hatte. Als wir zum Tisch zurückgehen wollten, hielt ich sie zurück und meinte: »Du hast ja recht, ich muß wieder aufgeschlossener werden. Dabei muß ich bekennen, Robert gefällt mir sehr gut. Ich würde mich freuen, wenn eine schöne Freundschaft daraus entstehen würde.«

»Warum nur eine Freundschaft? Es könnte ja auch Liebe daraus werden. Dann tu dir selbst einen Gefallen und laufe nicht gleich wieder davon. Aber überlassen wir es der Zeit, was daraus wird.«

Kapitel 4

Mittwoch: Es war zwar keine Wolke am Himmel, trotzdem war über die Sonne ein leichter Dunstschleier gezogen. Es war schwül, als läge ein Gewitter in der Luft.

Als Robert und ich nach dem Frühstück zum Strand wollten, stellte sich wieder die Frage: Fahren wir mit der Seilbahn, oder gehen wir zu Fuß? Ich war dafür, daß wir zu Fuß gehen, erstens ist es gesund, zweitens hat man auf halbem Weg einen schönen Blick auf das Inselchen ›Isolabella‹. Robert war auch meiner Meinung. Er nahm meinen Arm und wir verließen das Hotel durch den Hinterausgang, der zu dem Fußweg, allerdings mit vielen Treppen, zum Busparkplatz führt.

Unser Strandbus stand schon startbereit, und so waren wir in kürzester Zeit am Meer. Als wir es uns auf den Liegestühlen bequem gemacht hatten, meinte Robert: »So, die nächste Stunde bringt mich keiner mehr aus dem Stuhl heraus.« Ich nickte nur dazu, denn das war auch meine Meinung. Robert schloß dann die Augen. Ich hätte zu gerne gewußt, ob er über was Schönes oder Angenehmes nachdenkt, vielleicht über uns beide oder ob unangenehme Erinnerungen ihn belasten.

Ich träumte mit offenen Augen und starrte dabei in den Himmel. Aber je länger ich ihn betrachtete, desto eigenartiger kam er mir vor. Der schon vorhandene Dunstschleier wurde immer dichter und schien sich nun endgültig mit dem Blau des Himmels zu vermischen. Ich glaubte durch eine Milchglasscheibe zu blicken.

Dann erst wurde mir die Stille bewußt, irgendwas hatte sich verändert, aber was? Natürlich, es fehlt das Geplätscher der Wellen, die sonst ans Ufer schlugen.

Als ich mich aufrichtete, glaubte ich, daß das Meer regungslos zu stehen schien. Man glaubte, in ein großes Tintenfaß zu blicken. Mein Atem ging schwer, als hätte ich einen Dauerlauf hinter mir.

Plötzlich richtete Robert sich auf, schaute mich an und meinte: »Was ist los mit dir? Fühlst du dich nicht wohl? Du siehst so, ich weiß nicht wie, so nachdenklich aus.«

»Ja, du hast recht, irgendwie ist es mir nicht geheuer. Ich glaube, durch unseren Fußmarsch war ich zu lange an der Sonne. Ich werde ein paar Runden schwimmen, dann bin ich wieder abgekühlt, kommst du mit?«

Er lachte nur. »Nein, danke, Wasser kann, muß aber nicht sein.« Typisch Mann, dachte ich so bei mir, immer mutig und dann wasserscheu.

Also wagte ich alleine den Sprung ins Wasser. Dabei fand ich, daß es sehr kalt war. Aber es war eine eigenartige Kälte. Nicht kalt wie Eis, sondern Entsetzenskälte, die einen überfällt nach etwas Grausamen. Unwillkürlich murmelte ich: »Das ist schon etwas kalt heute!« Ein junge Frau, die schon im Wasser war, meinte: »Sie finden auch, daß das Wasser heute viel kälter ist als gestern?«

»Tut mir leid, aber gestern waren wir nicht hier, aber es ist wirklich sehr kühl.« Ich überwand dann meinen Frust, tauchte unter und schwamm los. Irgendwie kam ich mir wie eine Ente vor, die mit letzter Anstrengung versucht, sich vom Fleck zu bewegen, dabei dachte ich mir: »Verdammt, wir haben gestern doch nicht viel getrunken, daß ich heute Glieder aus Blei haben müßte.« Beim Zurückschwimmen bemerkte ich, daß Robert schon am Ufer stand und mich erwartete. Er meinte dann nur: »War wohl etwas zu kalt, weil du schon wieder zurück bist?«

Das Wasser von mir abschüttelnd, meinte ich: »Ja du hast recht, aber wie kommst du darauf?«

»Ich dachte es mir halt.«

Irritiert fragte ich ihn: »Sag mal, habe ich gestern mehr getrunken, als ich heute noch weiß?«

Lachend meinte er: »Da kann ich dich beruhigen. Wir waren von den Urlaubern bestimmt die Nüchternsten. Aber warum fragst du?«

»Ich weiß nicht, aber ich komme mir vor, als ob ich neben mir stehen würde.«

Erschöpft, so kam ich mir jedenfalls vor, setzte ich mich nun auf meine Liege. Daraufhin ergriff Robert meine Hände, hielt sie fest und meinte: »Du bist heute in Ordnung und du warst gestern in Ordnung. Vielleicht sind wir etwas außer Kontrolle, weil in uns Gefühle und Empfindungen an die Oberfläche kommen, die wir schon längst begraben geglaubt hatten.« Ja, er hatte recht und ich wünschte mir, daß er meine Hände nicht mehr loslassen würde. In das Schweigen, das danach entstand, meinte Robert: »Findest du nicht auch, daß sich der Strand deutlich geleert hat? Es ist etwas ungemütlich hier. Was hältst du davon, wenn auch wir gehen?« Ich war auch dafür. Als wir schon zusammengepackt hatten und wieder angezogen waren, blickte ich noch abschiednehmend über das Meer und machte Robert über meine Entdeckung aufmerksam: »Sieh, dort am Horizont, den dunklen Punkt, ob das ein Schiff ist?«

Angestrengt schaute Robert in die von mir gezeigte Richtung und meinte: »Ich kann nichts entdecken.« Soviel wir auch Ausschau hielten, der Punkt war verschwunden, bis Robert dann fragte, ob ich mein Fernglas nicht dabei hätte. Natürlich hatte ich es dabei, nur hatte ich daran nicht gedacht.

Als ich es ihm dann reichte und er damit den angeblichen Punkt suchte, rief er plötzlich ganz aufgeregt: »Mein Gott, das ist kein Schiff, es scheint eine gewaltige Welle zu sein, die genau auf uns zukommt. Da – sieh selbst.« Dabei reichte er mir das Glas. Nun sah ich es selbst, wie eine Welle sich hochbäumte und wieder zusammensank, um danach erneut hochzusteigen. Die unnatürlich Ruhe war nun auch vorüber.

Immer stärker werdende Wellen klatschten an das Ufer und brachen sich an den dort liegenden Steinen. Der Gischt verlief sich am Strand. Das Unheimliche an der Geschichte war, die Wellen wurden immer stärker, dabei bewegte sich kein Luftzug.

Ich klammerte mich unwillkürlich an Robert fest und meinte: »Verstehst du das, die Wellen werden immer stärker, dabei geht überhaupt kein Wind? Es müßte doch schon längst ein kräftiger Sturm wüten. Das ist doch völlig unlogisch, Wellen ohne Wind?«

Robert suchte dann mit dem Glas wieder die Welle, sie war immer noch vorhanden und rollte genau auf den Strand zu. Als er sich wieder mir zuwandte meinte er: »Irgendwo habe ich einmal gelesen, daß es solche Brandungen gibt. Früher nannten sie die Leute ›die Todes-brandung‹, weil sie immer schweren Sturm nach sich zog.«

In dem Moment wurde mir klar, daß ich Angst hatte. Der sonder-bare Dunst am Himmel verstärkte sich immer mehr. Dazu kam noch die drückende Schwüle, die einem das Atmen schwer machte. In meiner Angst kamen mir meine Worte wie Schreie vor, als ich Robert fragte: »Wollen wir nicht den Strandwärter suchen? Er ist bestimmt vorne im Lokal. Er soll die Polizei oder Feuerwehr anrufen. Wenn die Welle wirklich hier an Land geht, nicht auszudenken«.

Was sich dann in den nächsten Stunden ereignete, wäre filmreif gewesen. Ich versuchte, mit dem Fernglas die Welle im Auge zu behalten, die immer größer und schneller auf uns zurollte.

Robert suchte in der Zwischenzeit den Strandwärter, der ihm dann nicht glauben wollte, daß Gefahr drohte. Erst als Robert ihn dann zu mir brachte, konnte er sich selbst davon überzeugen. Als er mir das Glas wieder reichte, meinte er: »Sie haben recht, es könnte wirklich eine Welle sein. Ich werde die Polizei anrufen. Aber bitte bleiben Sie hier, bis die eingetroffen sind. Ich will die Verantwortung nicht allei-ne übernehmen, wenn unsere Vermutung nicht stimmen sollte.«

Die noch vorhandenen Badegäste kamen langsam näher und woll-ten wissen, was los sei. Als wir ihnen die Lage erklärten, verließen sie alle ohne Aufforderung fluchtartig den Strand. Dann endlich kam auch der Strandwärter mit der Polizei. Obwohl sie etwas deutsch sprachen, mußten wir unsere ganze Überredungskunst aufwenden und ihnen begreiflich machen, daß das eine Welle ist und keine dunkle Wolkenwand. Nach einem Blick aus ihrem Glas, dann wieder ein Blick aus meinem Glas, und nach ausgiebigem Palaver entschie-den sie sich endlich, ihren Chef zu verständigen.

Mit einem Schlag meldete sich auch der verlorengegangene Wind zurück. Er strich über das Meer, unsicher, noch wie probierend, dann aber wurde er sich seiner Kraft bewußt und ließ sie uns spüren.

Die ersten Sonnenschirme trudelten schon über den Strand. Das Wellenrauschen wurde nun zu einem brüllenden Getöse. Von den Bergen schob sich eine schwarze Wolkenwand empor. Es konnte nicht mehr lange dauern, dann würde die Sonne darunter verschwinden. Es kam uns wie eine Ewigkeit vor, bis endlich die Polizeisirenen zu hören waren. Der damit eintreffende Polizeichef reagierte sofort, als er die Situation erfaßt hatte.

Die Rettungsmannschaften wurden mobilisiert. Die eventuell betroffenen Strände und Straßen wurden geräumt. Er nahm uns dann mit zu seiner Kommandozentrale, die hoch oben und außer Reichweite des Wassers lag.

Der Wind dröhnte immer heftiger. Die Sonne war längst hinter den Wolken verschwunden. Das Meer brauste, es war ein einziger Ton, als ob es singen wollte. Dazwischen die Polizeisirenen, das Hubschraubergeknatter. Es herrschte die reinste Weltuntergangsstimmung.

Ich blickte nur immer durch mein Fernglas, um die rollende Bombe zu beobachten. Zuerst glaubte ich, meine überreizten Nerven spielen mir einen Streich. Oder waren meine Augen nicht mehr fähig, klar zu sehen? Ich bildete mir ein, daß die Welle nicht mehr so hoch war und auch schneller zusammenfällt. Ich hatte mich aber nicht getäuscht, sie wurde wirklich langsamer und verlor an Höhe. Ich schrie dann laut, denn bei dem Lärm hätte mich sonst keiner gehört: »Seht her, dem Biest geht die Luft aus. Sie wird langsamer und verliert an Kraft.« Alle starrten dann aufs Meer, man konnte die Welle inzwischen schon ohne Glas verfolgen. Es war wie ein Wunder, plötzlich verlor auch der Wind an Stärke. Das Monster wurde immer flacher und langsamer. Als sie dann den Strand überrollte, wurden nur die Liegestühle und Sonnenschirme ihr Opfer. Wie auf Kommando kam auch die Sonne wieder hinter den Wolken hervor. Es war, als ob nichts geschehen wäre und wir alles nur geträumt hätten.

Der Polizeichef war noch immer mit seinen Kommandos beschäftigt, darum meinte ich zu Robert: »Komm, wir verschwinden einfach, ich habe keine Lust auf eventuelle Protokolle oder sonstige Befragungen.«

Wir konnten dann auch unbemerkt verschwinden. Zu unserem Glück kam gerade ein Taxi vorbei, das uns zum Hotel zurückbrachte. An der Poolbar tranken wir noch einen Whisky, dann noch einen. Es waren dann zwei Whisky, zwei Menschen und ein Gedanke. Wir waren uns einig, daß niemand erfahren soll, daß wir bei der Geschichte dabei waren.

Abendgespräch war natürlich das Unwetter. Einige Urlauber waren entsetzt, andere ließ es kalt. Viele hatten schon die Reisebüros belagert und wollten unbedingt zurückfliegen, was natürlich nicht so einfach war. Es gab daher bei den Urlaubern viele böse Worte. Es wollte aber keiner verstehen, daß wir gegen die Natur immer machtlos sind. Dabei kann uns selbst die Technik nicht helfen.

Wir waren so voll innerer Spannung, daß wir bestimmt nicht schlafen hätten können. Daher entschlossen wir uns, nach dem Essen bei Nino noch ein Glas Wein zu trinken. Dort hatten wir Glück, und ein freier Tisch erwartete uns. Als wir auf den guten Ausgang des Unwetters anstoßen wollten, blickte ich in die Augen eines Mannes, der in einiger Entfernung wie angewurzelt stand. Ein grauer Bart umrahmte sein Gesicht. Das faszinierende aber waren seine Augen. Zuerst waren sie dunkel und geheimnisvoll, dann erhellten sie sich plötzlich und waren blau wie ein Bergsee. Noch bevor ich Robert auf ihn aufmerksam machen konnte, steuerte er schon zielstrebig auf unseren Tisch zu. Mit einer leichten Verbeugung fragte er uns dann: »Würde Sie es stören, wenn ich an Ihrem Tisch Platz nehmen würde?«

Wir schauten uns zuerst verwundert an, dann meinten wir fast gleichzeitig: »Nein«

Aber kaum hatte er sich gesetzt, kam Nino an unseren Tisch und sprach eindringlich auf den Gast ein, natürlich italienisch, was wir nicht verstanden. Als Nino sich entfernte, war aus seinem Minenspiel zu ersehen, daß er ärgerlich war. Das schien aber unseren Nachbarn nicht zu stören. Er sprach dann mit uns und das in gutem Deutsch.

»Sie brauchen sich keine Gedanken machen, Nino meint es nicht so, er will nur nicht, daß ich seine Gäste belästige. Hier ist man nämlich der Meinung, ich bin nicht ganz richtig im Kopf.«

Als ich ihn dann fragte: »Ist es so?« machte er nur eine vage Geste mit den Händen und meinte: »Wer kann schon von sich sagen, daß er normal ist? Welcher Mensch weiß, was richtig oder falsch ist? Wer weiß genau, ob er richtig denkt? Jeder Mensch glaubt doch, seine Version ist die Richtige. Aber meistens lebt es sich recht leicht, wenn man für etwas verrückt gehalten wird.« Ohne Übergang sprach er dann weiter: »Sie waren es doch, die am Strand die Polizei alarmierten.«

Ich schaute ihn sprachlos und verdutzt an, als Robert ihn schon fragte: »Wie kommen Sie darauf? Woher wollen Sie das wissen?«

»Oh, das ist einfach. Meine Stimme hat es mir gesagt. Sie müssen wissen, ich habe eine Stimme im Kopf, mit der ich sprechen kann.« Dabei sah er uns unverwandt an. Seine Augen wurden immer dunkler, als warte er darauf, daß wir ihn bitten würden, wieder zu gehen. Wir könnten denken, vielleicht ist er doch nicht richtig im Kopf. Aber es entstand nur eine etwas unheimliche Stille, wir wußten darauf einfach keine Antwort.

In meiner Verworrenheit nahm ich das Glas in die Hand und meinte zu Robert: »Ich habe Durst, wollen wir nicht trinken? Prost!« Als Nino wieder an unserem Tisch vorbeikam, hörte ich mich zu meiner eigenen Verwunderung sagen: »Nino, bringen Sie doch bitte noch ein Weinglas.« Dabei lächelte ich unserem Tischnachbarn zu und meinte: »Sie trinken doch ein Glas mit uns?«

Nun war die Reihe an ihm, verdutzt zu schauen. Damit hatte er bestimmt nicht gerechnet. Er verbeugte sich wieder und murmelte, daß das sehr aufmerksam wäre und er würde gern ein Glas Wein mit uns trinken. Außerdem meinte er, daß er sich dann zuerst vorstellen wollte.

Hier werde er nur mit ›Wenzel‹ angesprochen. Er sei hier geboren, war aber über zehn Jahre in Deutschland, daher spreche er auch so gut deutsch. In der Zwischenzeit brachte Nino auch das Weinglas. Wir prosteten uns dann erneut zu, dann war wieder Funkstille.

Plötzlich legte Robert seine Hand auf meine, drückte sie leicht und hielt sie dann fest. Als seine Wärme auf mich überging, fühlte ich mich wieder geborgen. Wir lächelten uns zu, wahrscheinlich hatten wir den gleichen Gedanken, laßt die Verrückten verrückt sein, wir sind es vielleicht auch. Wenzel beobachtete uns dabei, räusperte sich und meinte dann, ob er nun weiter erzählen sollte, oder ob wir keinen Wert mehr darauf legen würden. Wir meinten dann, daß er ruhig weiter erzählen könnte, wenn wir aber gewußt hätten, daß es eine längere Geschichte wird, hätten wir ihn nicht dazu ermuntert. Er setze sich bequem auf seinen Stuhl, nahm noch einen Schluck aus dem Glas und begann dann: »Meine Stimme im Kopf ist nicht von unserem Planeten, sondern von einer anderen Galaxie, deren Bewohner wieder zurückkommen wollen. Sie waren bereits vor fünfzigtausend Jahren schon einmal auf unserem Planeten. Damals brachten sie die Kultur ihres damaligen Planeten mit zu uns, deshalb fühlen sie sich auch noch immer zu uns hingezogen. Als sie ihren jetzigen Planeten, den ›Faxorer‹, wie sie ihn nennen, entdeckten und für besser hielten, verließen sie uns wieder und siedelten sich dort an. Wahrscheinlich handeln alle Wesen, die denken können, immer gleich. Wenn etwas für besser befunden wird, vergißt man das Gewesene. Ob das Neue dann das Bessere ist, wer weiß das im voraus? Nun ist ihr jetziger Planet teils selbstverschuldet durch Umwelteinflüsse erkaltet. Sie leben nun schon seit einiger Zeit im Untergrund. Da der Planet erloschen ist, kann auch kein Leben mehr existieren. Sie fanden dann Aufzeichnungen ihrer Vorfahren, konnten so die Koordinaten entschlüsseln und somit unseren Planeten wieder finden. Seit ihrem letzten Hiersein hat sich bestimmt auf unserem Planeten einiges abgespielt. Wer weiß, wieviel Sintfluten oder Katastrophen uns heimgesucht haben. Unsere Spezies war bestimmt schon öfter dem Untergang nahe. Aber einige haben immer überlebt, oder es kam Hilfe von anderen Planeten. Es gab und wird immer ein auf und nieder geben. Nun sind die ›Faxorer‹ die Verlierer. Aber was für eine Ironie, nun haben sie endlich einen Planeten gefunden und nun müssen sie feststellen, daß wir auch nicht mehr weit entfernt von einem Untergang sind.«

Momentan wußte ich nicht, was ich von der Geschichte halten sollte, auch Robert äußerte sich nicht dazu, ich fragte aber trotzdem: »Kann Ihnen Ihre Stimme auch sagen, was sie mit uns vorhaben? Wollen sie uns aus dem Weg räumen, damit sie Platz bei uns finden?«

Ganz entrüstet meinte er dann: »Aber nein, das wollen sie nicht, sie brauchen uns doch. Sie wollen uns vorerst nur warnen, damit wir endlich aufwachen und wir noch retten können, was noch zu retten ist, für sie und auch für uns.«

Als Robert dann meinte: »Ich kann das nicht glauben, daß es so etwas gibt. Können Sie uns sagen, warum sie nicht gegenständlich sind und sich nur mit einer Stimme bemerkbar machen? Ist es nur eine Funkstimme und es macht sich jemand einen Spaß daraus, Sie zu verwirren?«

Er schaute uns an, diesmal waren seine Augen wieder dunkel und unheimlich. Dann verlor sich sein Blick in der Ferne, als er weitersprach.

»Das sind gute Fragen, die Sie mir gestellt haben. Die werde ich selbstverständlich beantworten. Wie ich schon sagte, leben die ›Faxorer‹ schon länger im Untergrund, daher mußten sich die Lebewesen umstrukturieren. Nun bestehen sie nur noch aus Gehirn und Technik. Ihr Planet war unserem sehr ähnlich, auch er befand sich unter einer Sonne, von der er sein Leben erhielt. Eingereiht in das Universum war er auch nur ein kleines, winziges Etwas, wie wir es auch sind. Ihre Bewohner waren am Ende ihrer Entwicklung überintelligent, und sie nahmen, so wie wir es ja versuchen, ihrem Planeten die Lebensgrundlage weg, indem sie ihn in Schmutz und Abgasen ersticken ließen, und er verwundbar wurde. Der Planet verlor seine Schwerkraft, denn die Hitze im Kern des Planeten und die immer stärker werdende Bestrahlung ihrer Sonne, ließen ihn zusammenschrumpfen wie Käse, dem man das Wasser entzieht und wurde somit für die Bewohner unbewohnbar. Aber sie waren wenigstens so intelligent, daß sie sich ihren Untergang ausrechnen konnten. Sie begannen daher frühzeitig, die Elite ihres Volkes auf einen Start in ein neues Leben, sprich auf einen anderen Planeten vorzubereiten, denn sie wollten ihre Kultur nicht vernichtet wissen. Sie entsorgten daher ihre Körper, so daß nur ihre Intelligenz vorhanden blieb. Zu ihrem

Glück, vielleicht zu unserem Unglück, konnten sie nun mit uns Kontakt aufnehmen.«

Für Sekunden blieb mir einfach die Sprache weg. Aber mein Gehirn, eingesperrt in Materie, schaltete blitzschnell und ich meinte: »Wollen Sie damit sagen, daß sie ihre Gehirne auf unseren Planeten senden wollen, um dann unsere Körper anzunehmen? Dann müßten Sie ja auch schon ein ›Faxorer‹ sein.«

Wie zur Demonstration nahm er einen großen Schluck aus seinem Glas und antwortete: »Möglich, aber bis jetzt fühlte ich mich noch hundertprozentig als Mensch. Ich kann ja nur ihre Stimme hören.«

Robert mischte sich nun wieder in das Gespräch ein und fragte: »Sagen Sie, wie kann diese Stimme unsere Erde erreichen, wenn sie, wer weiß, wie viele Lichtjahre von uns entfernt sind?«

»Sie haben recht, aber sie haben auf ihrem Weg hierher einige Zwischenstationen. Die letzte ist unser Mond.« Ich spürte, Robert hatte nun auch das Gefühl, daß unser Geschichtenerzähler doch nicht ganz richtig im Kopf ist.

Es macht ihm wohl Spaß, harmlose Touristen auf den Arm zu nehmen. Etwas schärfer, als wahrscheinlich beabsichtigt, meinte er dann: »Wenzel, seien Sie mir nicht böse, aber ich bin mir sicher, daß sich auf dem Mond nicht einmal eine Maus aufhalten könnte, ohne daß wir sie nicht bemerken würden. Wir haben doch viele Planeten und besonders den Mond unter Kontrolle. Wir konnten doch auch die Einschläge der Kometenstücke auf dem Jupiter miterleben und dann sollten wir nichts bemerkt haben, das nehme ich Ihnen nicht ab.« Etwas entgeistert fragte dann auch ich, wie denn ein Leben existieren könnte, wenn es keinen Körper hätte?

Wenzel lachte dann und meinte: »Das ist doch einfach, unsere Religionen sind doch auch felsenfest überzeugt, daß nach unserem Tod unsere Seelen weiterleben würden und wir uns im Himmel wieder versammeln. Das glauben wir doch auch, ohne uns etwas darunter vorstellen zu können. Also, warum sollten sie es nicht auch können?«

Machte es die Luft aus, daß ich nach den paar Schlucken Alkohol schon beschwipst war, denn ohne es zu wollen, fing ich zu lachen an und ich konnte kaum Worte formen, als ich meinte, ob es dann viel-leicht gar keine fremde Wesen seien, sondern unsere eigenen Seelen!

Als mich die beiden Männer mit erstauntem Blick ansahen, mur-melte ich etwas verlegen, daß es mir nur so in den Sinn gekommen wäre, aber man könnte doch auch einmal dumme Ideen haben, die sich nachher sogar bestätigen.

Unsere Flasche Wein war leer, Robert schaute mich daher fragend an und wollte wissen, ob wir noch eine bestellen sollten, oder ob es mir lieber wäre, wenn wir gehen würden. Ich war fürs Gehen, denn das Geschehen hatte mich doch mehr berührt, als ich gedacht hatte. Ich war ganz einfach müde.

Als unser Gast merkte, daß wir nichts mehr bestellen wollten, meinte er: »Es ist auch an der Zeit, daß ich mich verabschiede. Ich möchte Ihnen aber noch etwas verraten, damit Sie meine Glaubwür-digkeit nicht zu sehr in Frage stellen müssen. Ich möchte nicht, daß Sie mich einfach als Geschichtenerzähler einstufen. Die Welle heute war auch schon eine Warnung der ›Faxorer‹ gewesen und morgen um Mitternacht wird den Ätna eine innere Explosion erschüttern, ausgelöst von ihnen, selbstverständlich auch zur Warnung. Die Menschheit soll endlich einsehen, daß sie nur den Kürzeren zieht, wenn sie gegen die Natur arbeitet. Es bleibt dabei die Frage offen, wie viele Warnungen nötig sind, bis sie das begreift.«

Danach bedankte er sich herzlich für die Einladung, verbeugte sich, wünschte uns eine gute Nacht und ein baldiges Wiedersehen. Dann war er plötzlich in der nächsten Seitenstraße verschwunden. Als wir bezahlten, meinte Nino, daß wir entschuldigen sollen, aber er sehe es nicht gerne, wenn Wenzel die Gäste belästigt.

Dem Wenzel geht es nicht um das Glas Wein, das er oft angeboten bekommt, er will einfach reden und seine verworrenen Geschichten anbringen. Wir versicherten ihm, daß wir uns nicht gestört gefühlt hätten. Im Gegenteil, es war eine interessante Unterhaltung. Wir wünschten ihm dann auch eine gute Nacht und strebten unserem Hotel zu. Dort angekommen, gönnten wir uns nicht mehr einmal einen Blick auf den Sternenhimmel, die Müdigkeit war überwältigend. An der Tür fragte Robert mich noch: »Glaubst du das mit dem Ätna?«

»Weiß nicht, aber wir gehen morgen einfach auf die Aussichts-plattform, dann sehen wir ja, was passiert. Aber nun endlich gute Nacht, hoffentlich können wir schlafen.«

Ich bin natürlich nicht sofort eingeschlafen. Selbst in meinen Träu-men geisterte ich durch Wasser, flogen glühende Steine über mich. Als ich dann erwachte und die Sonne ihre Strahlen über meine Bett-decke gleiten ließ, war ich glücklich, daß wieder ein neuer Tag anfing und der Alptraum der Nacht verschwunden war.

Kapitel 5

Beim Frühstück waren dann alle Gespenster verflogen und wir ließen es uns gut schmecken. Danach wollten wir mit Rosi und Klaus das ›Griechisch-Römische Theater‹ besichtigen.

Robert und ich waren etwas unruhig, aber es ist meinen Freunden nicht aufgefallen. Mein Blick wanderte immer wieder verstohlen zum Ätna. Aber er war wie immer, stolz und trutzig ragte er empor, ich konnte es einfach nicht glauben, daß er in der Nacht böse und gewalttätig werden sollte. Ohne, daß wir uns abgesprochen hatten, erwähnte keiner etwas von der Begegnung mit Wenzel.

Wir waren dann zu spät beim Theater angekommen, die Führung war schon beendet. Ich wagte dann einzulenken, daß das nicht so schlimm wäre, einiges könnte ich auch über das Theater berichten, was halt so in den Büchern steht. Damit waren alle einverstanden und ich gab dann meine Buchweisheit zum Besten: »Wahrscheinlich wurde im 3. Jahrhundert v. Chr. unter der Regierung von Hieron II. mit dem Bau begonnen. Der größte Durchmesser ist 109 Meter. Es wurde dann für die Gladiatorenkämpfe im 2. Jahrhundert n. Chr. fast völlig umgebaut. Das Theater kann bis zu 5.400 Zuschauer fassen. Es hat auch heute noch eine perfekte Akustik. Wie man sieht, liebten unsere Vorfahren die Natur genauso wie wir. Sie hatten schon immer an den schönsten Plätzen ihre Burgen, Schlösser, oder Theater gebaut. Auch hier haben sie den schönsten Platz gewählt, es ist doch herrlich hier. Das Blau des Himmels wetteifert mit dem Blau des Meeres. Dazwischen das Grün der Täler. Dort im Hintergrund der weiße Gipfel des Ätna. Er ist übrigens 3.375 Meter hoch. Er ist der größte Vulkan Europas, der aus dem Meer entstanden ist.«

Welt wie bist du doch schön, wie lange wird deine Schönheit noch andauern? Ich konnte mir einfach nicht helfen, aber immer wieder hielten die pessimistischen Gedanken Einzug in mein Gehirn. Warum machten mir die Worte eines vielleicht verwirrten Mannes zu schaffen und irritierten mich?

Da es zum Mittagessen noch zu früh war, bummelten wir noch über den Corso. Beim Dom angekommen, schauten Rosi und ich noch die etwas düstere Kirche an. Es sind noch sehr alte und schöne Gemälde zu sehen. Eines der Bilder zeigt Marias Besuch bei Elisabeth im Beisein des heiligen Josef und Zacharias. Dann ist auch noch die Statue der Jungfrau Maria zu bestaunen, ein Werk aus dem 15. Jahrhundert. Schönheit der Natur und Schönheit der Kunst ist hier eng verbunden. Auf der anderen Seite will der Mensch mit seiner Kunst der Natur nicht nachstehen. Im Gegenteil, er will immer an Schönheit übertreffen. Warum will er nun die totale Zerstörung und damit die Naturkatastrophen noch übertreffen? Gedanken, die für einen normalen Menschen einfach zu hoch sind, man muß sie einfach ins Unterbewußtsein verdrängen, ich wollte es versuchen.

In einem kleinen romantischen Lokal tat das kühle Bier nach dem Kunstgenuß und bei der Hitze sehr gut. Die restliche Zeit verbrachten wir in der Sonne liegend, am Hotelpool.

Nach dem Abendessen wollten wir noch einen Bummel durch Taormina machen. Rosi und Klaus wollten uns nicht begleiten. Diesmal gingen wir bewußt nicht zu Nino, wir wollten nicht unbedingt den Wenzel dort treffen. Wir bevorzugten darum ein Lokal auf dem Corso, natürlich mit Blick auf den Ätna.

Es war eine sternklare Nacht. Der Mond blitzte und blinkte, als ob er frisch geputzt wäre. Trotzdem fand ich meinen Gin-Tonic langweilig. Robert meinte, das Bier schmeckt abgestanden, daher tranken wir einen Grappa. Aber er beruhigte uns auch nicht, sondern erhöhte nur unsere Nervosität. Wir starrten immer wieder zum Ätna und wollten uns nicht eingestehen, daß wir doch an die Vorhersage von Wenzel glaubten.

Wir waren dann schon 15 Minuten vor Mitternacht auf der Aussichtsplattform angekommen. Der Ätna strahlte immer noch seine majestätische Ruhe aus. Kleine Wellen schaukelten sanft auf dem Meer. Es regte sich kein Windhauch. Der Mond tauchte die Landschaft und den Berg in ein flitterndes Licht.

Wir standen stumm, eng aneinander gelehnt. Ich kam mir vor, als wäre ich noch ein Kind, das auf seine Strafe wartet, aber immer noch hofft, daß es doch verschont bleiben würde.

Robert legte seinen Arm um mich und meinte: »Ich glaube, unser Wenzel hat uns doch auf den Arm genommen. Nun ist es schon 20 Minuten nach Mitternacht und es geschieht nichts. Was denkst du, wollen wir ins Hotel zurückkehren?«

Zu einer Antwort hatte ich allerdings keine Gelegenheit mehr, denn ein einziger Knall zerriß die Stille. Es war, als ob hundert Kanonen abgeschossen würden. Die Luft zitterte und ein unangenehmer Wind strömte über uns hinweg. Ich wollte schreien, aber ich brachte keinen Ton über die Lippen.

Die danach entstandene Stille war so unheimlich und lähmend. Ich wagte kaum noch zu atmen. Selbst die Natur schien den Atem anzuhalten. Ich hatte das Gefühl, mein Blut kreist nicht mehr in meinen Adern, trotzdem kam jeder Schlag meines Herzens einem Kanonenschlag gleich. Robert preßte seine Finger mit einer Heftigkeit in meinen Oberarm, als wollte er Halt suchen, oder mich beschützen. Der Ätna, noch immer in das weiche Licht des Mondes getaucht, war so ruhig, klar und rein, als ob die Explosion ihn abgewaschen hätte.

Dann bemerkten wir es gleichzeitig, jedoch nur ich schrie: »Hier, sieh nur!« Es war, als ob im Inneren des Berges unzählige Kerzen aufleuchten würden und es kamen immer mehr dazu. Ein unerträglich blendendes Licht erhellte den Himmel. Dann schob sich eine feurige Lohe wie eine Zunge über den Kraterrand. Zuerst leckte die Zunge nach links, dann nach rechts. Danach schoß sie mit einem gewaltigen Ruck nach vorne. Sie breitete sich in Sekundenschnelle in alle Richtungen aus. Es war, als ob ein Riesendrachen mit einem einzigen Speerwurf getroffen wurde und nun sein Herzblut abgibt. Man konnte es körperlich spüren, daß auch die Seele des Berges darunter litt. Vielleicht ist es doch das Blut der ganzen geschundenen Menschheit, alles Blut, das umsonst vergossen wurde. Kocht hier das Leid, das Elend und die Trostlosigkeit der Menschheit über?

Ich klammerte mich an Robert fest. Ich brauchte Halt, dabei wollte ich die Augen schließen, um ins Uferlose versinken zu können.

Erst als die Polizeisirenen ertönten, erwachten wir aus unserer Erstarrung, und Robert bemerkte: »Nun hatte er doch recht mit seiner Vorhersage. Am Ende müssen wir doch an seine Stimme glauben.« Ohne es zu wollen, fing ich zu weinen an, zuerst waren es nur einzelne Tränen, dann aber spürte ich, wie sich in mir alles auflösen wollte. Meinem Tränenstrom wurden die Schleusen geöffnet, so als wollte ich das Ätna-Feuer löschen.

Nun nahm Robert mich wieder in den Arm und hielt mich fest umschlungen, er ahnte, Worte waren jetzt nicht angebracht. Als ich mich beruhigt hatte, sprach ich das aus, was mir die ganze Zeit Angst bereitet hatte: »Robert, weißt du, was das heißt, wenn wir an die Stimme glauben müssen? Dann gehört die Welt nicht mehr uns alleine, dann müssen wir sie teilen. Wer wird dann der Gewinner sein? Komm, wir wollen gehen, hier haben wir nichts mehr zu suchen.«

Mit der Ruhe war es nun sowieso vorbei, die Stadt erwachte. Laut schreiend kamen die Menschen angerannt. Keiner konnte begreifen, was geschehen war.

So abrupt sich das Licht entzündet hatte, so urplötzlich erlosch es wieder. Nur die ausgetretene Glut erhellte noch den Nachthimmel. Vielleicht war es doch nur eine Warnung, von denen vom anderen Stern?

Wir gingen dann zum Hotel zurück. Dort herrschte schon das perfekte Chaos. Die Urlaubsgäste belagerten die Rezeption. Natürlich redeten alle gleichzeitig und durcheinander. Aber die Inselbewohner wußten ja selbst nicht, was geschehen war. Sie beteuerten nur immer wieder, es bestünde keine Gefahr für das Hotel und die Gäste, der Ätna wäre weit weg von Taormina. Wir hatten daher Mühe, unseren Zimmerschlüssel zu erhalten. Als wir vor meiner Tür standen, schloß Robert auf und kam, ohne zu zögern, mit herein. Entweder waren wir durch die Ereignisse seelisch so zusammengewachsen, oder war es die Sympathie, das Hingezogensein zweier Menschen, die auf der gleichen Wellenlinie liegen, daß alles, was wir taten, selbstverständlich war. Als ich dann die Tür abgeschlossen hatte und wir uns gegenüberstanden, fiel alles von mir ab. Es bröckelte und bröselte, als ob ich von einem Gipspanzer befreit würde. Ich preßte mich an Robert, dabei murmelte ich: »Ich habe Angst, einfach entsetzliche Angst. Bis jetzt wußte ich nicht, was es heißt, Todesängste zu haben, aber nun fühle ich es.« Dabei hielt mich Robert fest im Arm und wiegte mich wie ein kleines Kind. Dann nahm er mein Gesicht in seine Hände und bedeckte meine Augen, mein Gesicht meinen Hals mit Küssen, dazwischen sprach er leise auf mich ein: »Du brauchst keine Angst zu haben, jetzt bin ich hier, ich werde dich festhalten und wenn du willst, nie mehr loslassen. Ich werde dich nun ins Bett bringen, dort wirst du dich geborgen fühlen.« Dabei zog er mir die Bluse aus, den Rock, die Schuhe, den Slip und den Büstenhalter, ich wurde mir meiner Nacktheit überhaupt nicht bewußt, ich preßte mich nur noch fester an ihn und meinte: »Bitte geh nicht weg, bleibe bei mir. Ich brauche dich, ich kann jetzt nicht alleine schlafen. Ich brauche deine Nähe, deine Wärme. Wenn du mich nicht festhältst, dann drehe ich durch.«

Was dann kam, war weder vorbereitet noch abgemacht, wir lagen wie selbstverständlich zusammen im Bett. Dann folgte die zweite Explosion, aber diesmal in meinem Gehirn. Mein Verlangen, ihn immer enger und näher zu spüren, war übermächtig. Mein Körper vibrierte vor Verlangen.

Ich wußte, wenn ich nicht genauso explodierte wie der Berg, dann ja, dann wußte ich selbst nicht, was dann sein wird. Auf Robert blieb die Umarmung auch nicht ohne Wirkung. Er fragte mich dann nur: »Bist du ganz sicher, daß du es auch möchtest?«

»Ja, und nochmals ja, liebe mich. Ich möchte, daß du mein Innerstes ausfüllst, daß wir nur noch eine einzige Einheit sind.« Als wir uns dann vereinigten, war das wie die Löschung eines Brandes oder die Bändigung eines Stromes.

Dann spürte ich eine angenehme Wärme in mir aufsteigen, ein überwältigendes Gefühl überschwemmte mich. Der Orgasmus, in den ich eintauchte, war sicher stärker als der Lavastrom des Ätnas. Der Strom sprengte alle Ängste und Depressionen einfach weg. Es war eine einzigartige körperliche Verschmelzung. Dabei spürte ich, daß Roberts Empfindungen genauso hochgejubelt waren wie meine. Als wir danach engumschlungen nebeneinander lagen, war in uns Ruhe eingekehrt. Weder hörten wir die noch immer lauten Stimmen im Hotel, noch störte uns die schon zum vollen Leben erwachte Stadt. Außerdem wußten wir, wir kamen nicht von einem anderen Stern, sondern wir befanden uns auf unserem Glücksstern.

Als ich am Morgen erwachte, kam mein Erinnerungsvermögen erst langsam in Schwung. Zuerst wunderte ich mich, daß ich mich eingeengt fühlte. Als ich aber die Augen öffnete, schaute ich in ein lachendes Gesicht. Dann strömte, wie mit einem Kübel ausgegossen, das Geschehen in mein Bewußtsein zurück. Geblieben ist ein warmer anschmiegsamer Körper, Arme, die mich festhielten, Lippen, die mich vollends wach küßten. Robert meinte dann: »Eigentlich müssen wir ja der Stimme dankbar sein, die den Ätna zwang, uns zu erschrecken. Vielleicht hätten wir ohne die Ängste nie so schnell zueinander gefunden. Ich fand es wunderbar, du nicht auch?«

Ich schlang meine Arme um ihn und küßte seine Nasenspitze: »Ich finde es nicht nur wunderbar, sondern ich bin unendlich glücklich. Ich danke dir für deine Hilfe, du hast mir die Rückkehr zur Sexualität leicht gemacht und mir soviel Vertrauen entgegengebracht, daß es für mich selbstverständlich und herrlich war, mich dir hinzugeben.«

»Mein Liebes, nun muß ich dich aber aus meinen Armen entlassen und in mein Zimmer gehen. Eine Rasur und ein neues Hemd wären angebracht. Außerdem habe ich Hunger, das Frühstück wartet schon auf uns. Ich hole dich ab, wenn ich fertig bin, also bis gleich.«

Beim Frühstück herrschte ein Stimmengewirr, als wären wir auf einer Parteisitzung. Jeder hatte mehr gesehen, jeder wollte etwas gewußt haben. Viele wollten auch diesmal wieder zurückfliegen. Es wäre eine Unverschämtheit, daß man im Urlaub mit solchen Mätzchen belästigt wird. Arme Menschheit, vielleicht haben die ›Faxorer‹ doch recht, wenn sie uns die Grenzen zeigen wollen.

Rosi und Klaus erzählten wir, daß wir durch Zufall auf der Terrasse waren, als der Berg ausbrach. Danach mußten wir ihnen alles genau erzählen.

Nach dem Frühstück gingen wir zum Corso. Wir wollten wissen, was alles erzählt wird und wie die Stimmung ist. Auf dem Ätna war immer noch die glühende Lava zu erkennen. Natürlich waren die Reisebüros belagert, die Urlauber wollten in ihr sicheres Land zurück, aber wer weiß schon, wo es noch sicher ist?

Wir kamen uns etwas ausgeschlossen vor. Wir wußten, warum es geschehen war, wenn wir es auch nicht geglaubt hatten. Aber es fragte uns keiner, so behielten wir unsere Weisheit für uns. So ist es halt immer bei den Menschen. Es wird vermutet, geschrieben, aber es wird nie einer gefragt, der Bescheid weiß. So wird einfach in der Gerüchteküche weiter gekocht.

Den Nachmittag verbrachten wir am Hotelpool, an den Meeresstrand zu gehen, hatten wir keine Lust. Die Erinnerung an das Wellenabenteuer steckte noch zu tief in uns.

Nach dem Abendessen, Rosi und Klaus wollten uns nicht begleiten, gingen wir zu Nino. Diesmal aber hofften wir, Wenzel dort zu treffen. Als wir ankamen, begrüßte uns Nino sofort und meinte: »Mir ist es zwar nicht recht, wenn sich der Wenzel hier aufhält, aber er hatte gestern nach Ihnen gefragt. Dann meinte er, ich sollte Ihnen, wenn Sie heute kommen würden, ausrichten, daß Sie auf ihn warten sollten, er komme bestimmt.

Als er uns nach unseren Wünschen fragte, bestellten wir uns eine Flasche von seinem besten Sekt. Es war herrlich, das kalte prickelnde Getränk zu schlürfen. Wir prosteten uns bei jedem Schluck zu, es war ja der erste Drink nach unserer Liebesnacht. Wir hielten uns an den Händen, denn die gegenseitige Nähe war noch prickelnder als der Sekt. Wir waren so mit uns beschäftigt, daß wir nicht merkten, als Wenzel bereits vor uns stand.

Höflich wie das erste Mal verbeugte er sich und fragte, ob er sich zu uns setzen dürfte. Eigentlich war die Frage ja unnütz, er hatte sich ja angemeldet und wir haben ihn erwartet. Das Angebot, mit uns ein Glas Sekt zu trinken, nahm er auch diesmal sofort wieder an. Trotz der letzten Begegnung war er wieder in weite Ferne gerückt, wir mußten den Kontakt erst wieder herstellen. Er machte auch den ersten Schritt und meinte: »Glauben Sie nun an mich und an meine Stimme? Als ich Ihnen den Ausbruch vorhersagte, hatten Sie bestimmt nicht daran geglaubt, oder?«

Robert antwortete nun darauf: »Ja und nein. Nach dem Ergebnis müßte man ›Ja‹ denken.

Aber mein Verstand will das eben nicht wahrhaben.«

Daraufhin Wenzel: »Ich verlange ja nicht, daß Sie und Ihre Frau mir sofort glauben, aber die Zeit wird für mich sprechen. Außerdem sind Sie schon in den Reigen mit einbezogen, ob Sie wollen oder nicht. Sie müssen mithelfen, die beiden Welten zusammenzuschlie-ßen.«

Momentan blieb mir, wie man bei uns so schön sagt, die Spucke weg und ich meinte: »Da wäre ich nicht so sicher. Ich habe keine Stimme in mir, oder wollen ›Die‹ mich als nächstes Opfer aussu-chen?«

»Nein, das nicht, aber Sie gehören zu den Erdenmenschen, die sehr feinfühlig sind. Einen guten Draht haben, um auch das etwas Unge-wöhnliche zu erfassen und es auszudrücken verstehen. Sie brauchen nichts weiter zu tun, als alles, was Sie hier erlebt haben und in näch-ster Zeit erleben werden, aufzuschreiben. Die Menschheit soll alles wissen, was sie noch erwartet. Die Nachwelt soll ebenfalls erfahren, was geschehen ist. Sie werden immer wieder mit Menschen in Berührung kommen, die wie ich, über eine Stimme verfügen.«

Langsam hatte ich das Gefühl, mein Gehirn dreht sich wie ein Rotor, einmal schnell und einmal langsam und ich stehe immer wieder auf dem Kopf. Selbst mein Gefühlsleben fiel von einem Extrem ins andere.

Entweder hatte ich Angst, oder ich war ausgefüllt von Liebe und Leidenschaft. Mein Gott, die werden doch hoffentlich Robert nicht präpariert haben und ihn auf mich angesetzt haben, damit ich mit allem einverstanden bin?

Der Gedanke war so furchterregend, daß ich meinen Kopf in die Hände legte und in Tränen ausbrach. Dabei dachte ich mir, hoffentlich wird das nicht eine Geste, die ich in diesem Urlaub noch öfter wiederholen muß.

Robert nahm mich in den Arm und fragte: »Liebes, was ist los? Sag' bitte, kann ich dir helfen? Möchtest du gehen?«

»Nein, entschuldige, aber ich stelle fest, ich habe auch keine Nerven aus Stahl mehr und sie spielten wohl einen Streich mit mir. Danke, aber ich bin schon wieder in Ordnung.« Trotzdem lehnte ich mich Schutz suchend an Robert, mich meiner Gedanken schämend, als mich dann die etwas väterlich klingende Stimme Wenzels in die Wirklichkeit zurückholte.

»Sie brauchen keine Angst zu haben, Robert ist in Ordnung, er ist ein Mensch wie Sie, aber Sie werden ein wunderbares Team sein. Aber nun möchte ich noch einmal auf meine Bitte zurückkommen, Sie sollten wirklich alles aufschreiben.«

Daraufhin meinte ich: »Aber wie stellen Sie sich das vor? Ich habe noch nie geschrieben, höchstens mal unsere Reiseberichte oder Geschäftsbriefe. Ich glaube, das kann ich nicht.«

Nun sah er mich an, seine Augen wurden wieder dunkel, als wolle er mich hypnotisieren. Vielleicht tat er es schon lange, nur ich merkte es nicht, dann sprach er weiter.

»Wie können Sie sagen, daß Sie es nicht können? Sie haben es ja noch nicht versucht?« Ja, an dem Satz ist schon etwas Wahres dran, aber was soll man darauf antworten? Aber es hatte wohl keiner eine Antwort erwartet. Jeder hing seinen Gedanken nach, dabei schauten wir, ohne es zu bemerken, die leeren Gläser an. Nino rettete dann die Situation, indem er fragte, ob wir noch ein Flasche Sekt möchten. Wir wollten. Irgendwas machte Durst, entweder die Angst oder die Gedankenarbeit. Als ich das Erlebte der letzten Tage noch einmal durchdachte, formten sich wie durch Zauber Worte und Sätze dazu. Eventuell könnte ich es doch schaffen, darüber zu schreiben. Als Nino die Gläser wieder gefüllt hatte, kam auch wieder Leben in uns. Als ich nach einem kräftigen Schluck das Glas niederstellte, galt meine Aufmerksamkeit wieder Wenzel und ich fragte ihn:»Wenn ich es wirklich schaffen würde, über Ihre Stimme zu schreiben, dann müßte ich schon etwas mehr von Ihren ›Faxorern‹ erfahren. Können Sie mir zum Beispiel sagen, was für eine Aufgabe Ihre Stimme auf der Erde hat? Wissen Sie, wieviel Stimmen schon auf unserer Erde sind oder wieviel noch kommen werden? Sind sich die ›Faxorer‹ wirklich sicher, daß sie sich bei uns niederlassen wollen? Wir sind doch selbst schon übervölkert, wie wollen sie Platz für sich schaffen? Dann möchte ich noch das Geheimnis wissen, wie sie sich einmal gegenständlich machen wollen. Oder wollen sie nur in Menschen leben, indem sie ihre Stimme bei ihnen installieren? Oder was für eine Bindung könnten sie sonst mit uns eingehen?«

Wenzel kraulte seinen Bart, er mußte wohl überlegen, ob er mir Antworten darauf geben kann oder will.

Dann meinte er:»Ja, das ist schwierig, darauf Antworten zu geben. Einiges kann ich nicht beantworten, manches möchte ich nicht beantworten. Meine Stimme ist wie ein Kundschafter, aber zugleich auch Werbefachmann. Er will von mir wissen, was sich auf der Erde alles ereignet, was seinem Volk an Möglichkeiten hier noch geboten werden kann. Als Werbefachmann will er uns zwar nichts verkaufen, er will uns aber unsere Fehler vorhalten. Er möchte der gedankenlosen Menschheit wieder Verantwortung für die Natur und ihre Umwelt beibringen. Dabei müssen natürlich lautstarke Experimente angeführt werden, denn ohne Getöse und Krach würde heute keiner mehr reagieren. Mahnungen, wie die Flutwelle und der Ausbruch des Ätna, werden uns in nächster Zeit öfter an ihre Anwesenheit erinnern, dabei wollen sie nur unser Bestes, denn das ist auch für sie das Beste. Aber was schon immer auf unserem Erdball rumorte und mit Getöse ausbrach und noch ausbrechen wird, das ist nicht immer nur ihre Schuld, das ist die Rechnung für unseren Raubbau an der Natur. Dafür können wir sie nicht verantwortlich machen und ihnen dann einfach den schwarzen Peter zuschieben. Denken Sie nur an die Flammenwalze und Flutwelle in den USA. Die Tornados in Dallas. Das Erdbeben in Los Angeles, in Japan. Auf der anderen Seite die Sintfluten und in anderen Ländern hatte der Regenmangel zu Dürre und Tod geführt, dabei mußten Mensch und Tier ertrinken und verhungern. Die Frage, wie viele Stimmen schon hier sind und wieviel noch kommen werden, kann ich Ihnen nicht beantworten, Betriebsgeheimnis, sie verstehen? Ob die ›Faxorer‹ sicher sind, daß sie sich bei uns ansiedeln wollen, weiß ich nicht, aber wenn sie nichts Besseres finden werden, müssen sie doch mit uns vorlieb nehmen, ob sie wollen oder nicht. Bei ihnen geht es ja auch ums Überleben. Ja, sie haben recht, wie wollen wir noch Kapazitäten aufnehmen, wenn wir schon ausgereizt sind. Aber wenn wir so weiterleben, nicht sehend, ahnungslos und unbekümmert, dann werden wir, wie man so schön sagt, von unserer eigenen Dummheit und Überheblichkeit eliminiert, dann wird genügend Platz für alle sein. Wie sich die ›Faxorer‹ einmal mit uns verbinden werden, das möchte ich Ihnen nicht sagen. Ich hoffe, ich habe Ihre Fragen einigermaßen zu Ihrer Zufriedenheit beantwortet.«

Meine Kehle war wie ausgedörrt, daher war ich froh, daß der Sekt noch kühl war und leerte daher mein Glas in einem Zug, meine zwei Begleiter folgten dann auch meinem Beispiel. Verwundert sahen wir danach zu Robert, der lachte, als ob er den besten Witz seines Lebens gehört hätte, oder war es der Sekt? als er dann fragte: »Wenzel, sagen Sie uns, was passiert dann, wenn wir nicht so wollen, wie die es sich vorgestellt haben? Dann wird am Ende doch das Sprichwort gelten: ›Und folgst du nicht willig, dann brauche ich Gewalt.‹ Nach dieser

Methode wird bestimmt nicht nur auf unserem Planeten gehandelt, sondern auch auf allen, vielleicht noch existierenden Galaxien. Darauf kann ich bestimmt meinen Kopf verwetten. Glauben Sie nicht auch, mein lieber Freund?«

Nun war die Reihe an Wenzel, zu lachen, und er meinte: »Sind Sie der Meinung, daß unsere schlechten Sitten schon im ganzen Weltall bekannt sind? Ja, heute ist alles möglich. Irgendeine Generation wird es erfahren. Aber Sie haben trotzdem recht, so abwegig ist der Gedanke nicht, aber hoffen wir, daß wir endlich umdenken werden. Wir können nicht so weitermachen und unsere Flüsse und Meere mit Chemikalien und Öl verschmutzen, unsere letzten Wälder abholzen, um damit Geld zu machen, daß damit noch mehr Schadstoffe in die Luft geblasen werden können. Aber wenn es wirklich zu einer Auseinandersetzung kommt, dann bestimmt nicht ohne Gewalt. Aber dann können uns selbst die Götter nicht mehr helfen.«

Als Wenzel dann das Thema wechselte, galt sein Blick wieder mir. Diesmal waren seine Augen hell und klar, faszinierend, dann meinte er: »Ich habe mich gefreut, Sie kennengelernt zu haben! Denken Sie immer daran, alles aufzuschreiben. Lassen Sie sich nicht entmutigen, wenn Ihre Geschichte zuerst keine große Aufmerksamkeit erregen wird, aber der Durchbruch kommt bestimmt, glauben Sie mir. Ich möchte mich nun verabschieden, wünsche Ihnen noch ruhige Tage zu Ihrer Erholung. Ich glaube, Sie werden noch öfter an mich denken, ich werde es fühlen und mich freuen.«

Dann stand er auf, verbeugte sich wieder und weg war er. Wenn nicht das dritte Glas auf dem Tisch gestanden hätte, wäre er uns wie eine Fata Morgana vorgekommen. Wir waren doch sehr erstaunt, daß er sich so schnell verabschiedete, vielleicht hatte er Angst, wir würden noch weitere Fragen stellen, was wir garantiert auch gemacht hätten, die er dann nicht beantworten hätte können.

Allein gelassen, saßen wir zuerst wie alleingelassene Kinder da. »Nun sitz ich hier, ich armer Tor, und weiß genau soviel als wie zuvor.« Zuerst ging mir der Spruch nur so durch den Kopf, als ich ihn dann aber laut ausgesprochen hatte, meinte Robert: »Das ist ein wahres Wort, eine Weisheit, die schon vor unserer Zeit existierte. Aber nun sag ehrlich, was hältst du oder was glaubst du von der ganzen Geschichte Wenzels?« Lachend meinte ich dann: »Wenn ich das wüßte, wäre ich ja kein Tor. Tatsache ist, daß er wußte, daß wir am Strand waren, als die Welle kam. Er hatte die Explosion im Ätna vorhergesagt. Aber es könnte auch sein, daß seine Stimme nur seinem kranken Gehirn entspringt und alles nur in seiner Fantasie existiert. Es soll ja Menschen geben, die manches vorhersehen können, wie den Ausbruch des Ätna, vielleicht gehört er dazu. Daß wir am Strand waren, konnte von ihm auch nur ein Schuß ins Dunkle gewesen sein, dann entlockte er uns mit Leichtigkeit den Rest der Geschichte, wir waren ja mitteilsam genug. Man kann also die Geschichte von zwei Seiten betrachten. Auf der anderen Seite glaubt doch jeder oder ist überzeugt, daß es außer uns noch Lebewesen geben müsse. Es müssen ja keine Monster sein, wie es die Filmemacher immer darstellen. Warum kann es nicht einfach eine dezente Stimme sein? Warum muß eine Heimsuchung mit Getöse und riesigen Flugkörpern vonstatten gehen? Ich glaube, ich werde doch versuchen, einfach alles aufzuschreiben, selbst wenn es nur Fantasiegebilde des Wenzel sind. Auch wenn es kein Tatsachenbericht werden kann oder wird, dann vielleicht ein Roman.«

Robert schaute mich dann entgeistert an und fragte: »Glaubst du wirklich, daß du das schaffst?«

»Eigentlich nicht, aber ich werde mich zwingen, daran zu glauben, es zu schaffen! Es geschehen doch immer wieder Wunder. Aus Tellerwäschern wurden schon Millionäre, aus einer grauen Ente wurde ein schöner Schwan. Warum sollte eine Sachbearbeiterin nicht Schriftstellerin werden? Ich glaube sogar daran, daß irgendwer unsere ramponierte Erde wieder ins Gleichgewicht bringen wird. Huch, das war aber jetzt fast eine druckreife Darstellung. Bin ich vielleicht nicht gut in meiner neuen Rolle?«

Nun lachte Robert wieder, er konnte sich nicht mehr beruhigen und meinte: »Das hast du sehr schön gesagt, aber glaubst du nicht auch, daß der Sekt auch etwas mitgeredet hat, das ist schon unsere zweite Flasche.«

»Na und, das ist doch kein Grund zum Verzweifeln. Wir haben doch Urlaub und außerdem stehen wir mitten im Geschehen, wenn man so will, sogar im Weltgeschehen. Die ganze Geschichte hat nur einen Nachteil, es wird uns kein Mensch Glauben schenken. Stell dir vor, du gehst wieder zur Arbeit und erzählst dort, daß du auf Sizilien einen Mann kennengelernt hast, der mit unbekannten Lebewesen in Verbindung steht, die man nicht sehen kann, nicht riechen kann, nur er kann sie hören, durch eine Stimme in seinem Gehirn. Was glaubst du, werden sie dir antworten?«

»Du hast recht, das wäre ein Gag, wie der Schweizer sagt. Ich höre schon direkt, was mein Kollege Heinmann sagen würde, na hören se mal, lieber Doktor, Sie ham im Urlaub wohl zuviel Wein getrunken, oder zu tief ins Schnapsglas geguckt. Sie werden wohl doch nicht annehmen, daß ich Ihnen den Quatsch abnehme. Damit können Sie einen Dümmeren veräppeln. Ne, ne, mein Bester, ohne mich. Mein Chef würde sagen, aber mein lieber Wagner, können Sie das auch belegen und berechnen? Wenn nicht, dann hat man Ihnen einen Bären aufgebunden. Sie sind doch in Ordnung? Keine körperlichen oder geistigen Schäden? Wie recht du hast, mit unserer Geschichte können wir keine Reklame machen. Am Schluß würden sie uns für verrückt halten. Es wird wohl vorerst unser Geheimnis bleiben müssen.«

Seine Nachahmungskunst war so ulkig und dabei so wahr, daß ich vor Lachen bald keine Luft mehr bekam. Als ich mich beruhigt hatte, kam es mir erst zum Bewußtsein, daß er davon sprach, von seinem Kollegen mit Doktor angesprochen zu werden.

»Sag mal, hast du den Doktortitel?« Ich wußte selbst nicht warum, aber meine Heiterkeitssträhne war noch nicht vorbei und ich fing wieder zu lachen an.

Erst als Robert dann fragte, was daran so lachhaft wäre, wenn er den Doktortitel hätte, wurde ich wieder ernst und meinte: »Nein, daran ist nichts Lachhaftes, aber es kam so unerwartet. Du hast niemals etwas davon erwähnt. Aber wir haben auch nie über deinen Beruf gesprochen.«

»Ja, wäre es für dich wichtig gewesen zu wissen, was ich für Titel habe, oder was ich mache?«

»Wichtig? Das war mir noch nie wichtig und jetzt noch weniger als früher. Wenn man seinen Partner verliert, der einem alles bedeutete, mit dem man Jahre des Glücks erleben durfte, dann weiß man, daß Titel, Geld, Schmuck und sonstiger Firlefanz unwichtig sind. Denn der ganze Besitz kann das Leid und die Trauer nicht wegwischen. Es gibt nur noch eines, was in meinem Leben wichtig ist, das ist die gegenseitige Liebe zweier Menschen. Daß man dem Partner vertrauen kann und in jeder Situation Verlaß auf ihn ist. Luxus ist für die meisten doch nur eine Selbstbefriedigung, bin ich nicht glücklich, geht es mir nicht gut, seht her, was ich alles erreicht habe. Entschuldige, ich wollte jetzt keinen psychologischen Vortrag halten. Ich wollte dir nur zu verstehen geben, daß du mir als Mensch wichtig bist, nicht als Titel. »

Nun lachte auch Robert wieder und nahm mich mit den Worten in den Arm: »Ich glaube, Ninos Sekt ist ein Wundermittel. Er öffnet das Herz und das Gehirn. Das heißt, daß wir schon einiges lachhaft finden, obwohl es verworren und undurchsichtig ist. Komm, wir wollen dem Spuk ein Ende machen, die Flasche ist auch leer, wir bezahlen und gehen.«

Ja, er hatte recht, aber trotzdem mußte ich schon wieder innerlich grinsen und es dauerte nicht lange, bis ich wieder laut zu lachen anfing. Ich zog dann Robert zu mir heran und flüsterte ihm zu: »Ist das nicht paradox? Nun haben wir Sterbliche, Unter- oder Überirdische kennengelernt. Was passiert? Die kommen auf leisen Sohlen in Gestalt einer Stimme. Wenn sie wenigstens mit einer Untertasse angerauscht wären, dann könnten sie uns wenigstens zum Hotel zurückfliegen. Aber was tun wir? Wir gehen auf unseren eigenen Füßen zurück.«

Robert ulkte dann zurück und meinte, daß er mich gerne auf Händen zurücktragen würde, aber ich müßte an sein Alter denken und an seine schlechten Bandscheiben, so würde er es leider nicht schaffen. Ich dankte ihm herzlichst, ich würde seine Worte für Taten nehmen. Dabei hakte ich mich bei ihm ein, und lachend schwebten wir zum Hotel zurück.

In der noch heilen Atmosphäre unseres Hotelzimmers geschah dann noch mal ein Wunder, das allerdings nur die Liebe vollbringen konnte.

Am anderen Morgen war von unserer Sektlaune nichts mehr zu spüren, nicht mal ein Kater war zurückgeblieben. Wir hofften daher auf einen ruhigen und schönen Urlaubstag.

Beim Frühstück einigten wir uns, eine Busfahrt zu dem Bergdorf ›Forza d'Agro‹ zu machen. Rosi und Klaus wollten auch mit von der Partie sein.

Die Fahrt mit dem Bus war zwar kurvenreich, aber schön. Immer wieder kam dabei der Ätna in unser Blickfeld. Wenn ich mich nicht geniert hätte es auszusprechen, hätte ich behauptet, daß ich das Gefühl hätte, daß mich der Berg angrinst. Wahrscheinlich doch noch Sekt im Blut.

Wir besuchten den alten Friedhof, streiften durch die Ruinen der alten Stadt. Als ich noch einmal zurückblickte, bemerkte ich ein Glitzern. Es wurde vielleicht durch einen Sonnenstrahl hervorgerufen, der auf Glas oder einen Spiegel traf. Als ich Robert darauf aufmerksam machte, meinte er: »Du denkst wohl schon wieder an Überirdische? Aber möglich wäre es schon, daß die ›Faxorer‹ dort einen Sender oder was Ähnliches eingebaut haben. Eventuell ist seine Stimme doch nur eine Funkstimme?«

Wir gingen dann bis zu der Stelle zurück, wo ich das Glitzern entdeckt hatte. Wir untersuchten zwar die Mauern, aber es war nichts Verdächtiges festzustellen. Robert meinte dann nur noch, daß wir nun nicht in jedem Licht, oder in Außergewöhnlichkeiten ein Zeichen der ›Faxorer‹ vermuten dürfen. Sonst hätten wir ja keine Chance mehr, unser Leben zu leben. Wir hätten ja erst damit angefangen. Wir versuchten dann Rosi und Klaus wieder einzuholen, denn wir wollten ja noch bis zur Abfahrt des Busses in einem Gartenlokal einen Kaffee trinken.

Die letzten Tage unseres Aufenthaltes waren angenehm. Das Meer war ruhig, der Berg rührte sich nicht mehr. Auch der Wenzel war nicht mehr aufgetaucht.

Unruhig waren nur wir. Unsere Liebe und Leidenschaft ließen unsere Sinne erzittern und erbeben. Dabei wurde uns bewußt, daß die Natur und der Mensch doch nur Materie sind. Beide können auf verschiedene Arten erschüttert werden.

Als wir am letzten Tage unseres Urlaubs am Flughafen standen, konnte ich meinen Blick nicht vom Ätna wenden und meinte zu Robert: »Ob wir unseren Berg wohl noch einmal sehen werden? Oder ob es ein Abschied für immer ist?«

Auch etwas wehmütig meinte Robert: »Das wird sich in der nächsten Zukunft herausstellen, lassen wir uns einfach überraschen, was uns die ›Faxorer‹ noch bescheren werden. Fürs erste heißt es aber nun – Lebewohl Sizilien –«

Ich konnte dabei nur nicken, denn ich war den Tränen sehr nahe, aber diesmal waren es keine Angsttränen, es waren Tränen des Abschiedes.

Zweiter Teil

Die Zweitstimme

Kapitel 1

Als ich den Hörer abnahm, freute ich mich, die Stimme von Robert zu hören.

»Hallo, Liebes, das nenne ich Gedankenübertragung, ich habe soeben an dich gedacht und mir überlegt, ob du dir schon Gedanken gemacht hast, was wir am Wochenende machen wollen. Rufst du vielleicht deshalb an?«

»Ja, so etwas in der Richtung bedeutet mein Anruf schon. Aber du kannst dir nicht vorstellen, was ich in der Stadt erlebt habe.«

»Nein, das kann ich natürlich nicht; aber ich hoffe, du wirst es mir erzählen.«

»Ja, das werde ich, aber etwas Verrückteres kannst du dir überhaupt nicht vorstellen. Als ich nach Dienstschluß durch die Kaufingerstraße ging, habe ich noch Brot gekauft. Ich hatte natürlich keine Tasche dabei, deshalb packten sie mir das Brot in eine Plastiktüte. Auf der Treppe zur U-Bahn am Marienplatz kam mir ein Mann entgegen, der es sehr eilig hatte, dabei war er auch noch geistesabwesend. Auf alle Fälle rannte er mich einfach um. Ich hatte überhaupt keine Chance zum Ausweichen, so knallten wir aufeinander. Dabei ließ ich meine Tüte mit dem Brot fallen. Wir bückten uns danach zur gleichen Zeit und stießen natürlich prompt mit den Köpfen zusammen. Die Szene wäre für ein Lustspiel bühnenreif gewesen. Als ich dann meine

Tüte aufgehoben hatte, entschuldigten wir uns gegenseitig. Dann erst betrachtete ich meinen Kontrahenten etwas näher. Plötzlich wurde mir bewußt, den kenne ich doch! Aber im Moment konnte ich sein Gesicht nicht einordnen. Als ich merkte, daß er mich genauso anstarrte, meinte ich, daß ich das Gefühl hätte, daß wir uns kennen müßten. Darauf nickte er, fing zu lachen an und gab mir einen Rippenstoß. Darauf hatte es bei mir auch gefunkt, denn es war Martin, mein ehemaliger Schulfreund. Seine Marotte, bei jeder Gelegenheit Rippenstöße auszuteilen, hatten ihn verraten. Leider hatte er es wirklich sehr eilig, so konnten wir uns nur kurz sprechen. Er ist in München bei einem Ärztekongreß, der noch bis Freitag, also bis morgen, stattfindet. Aber er fährt erst am Samstag wieder zurück. Daher haben wir uns für morgen um 20.00 Uhr im ›Bayerischen Hof‹ zum Essen verabredet. Ich habe ihm dann gesagt, daß ich allerdings nicht alleine kommen werde, sondern dich mitbringen würde. Er meinte, er würde sich freuen, dich kennen zu lernen. Nun hoffe ich, daß du nicht böse bist, weil ich über deinen Kopf hinweg entschieden habe.«

»Aber das ist doch selbstverständlich, daß ich mitkomme, dabei kann ich vielleicht etwas aus deiner Vergangenheit erfahren, oder von euren Streichen, die ihr in der Jugend vollbracht habt.«

»Da muß ich dich aber enttäuschen, so schlimm waren wir nicht, du kannst höchstens erfahren, was für brave Kinder wir waren. Ich werde daher im ›Bayerischen Hof‹ einen Tisch auf meinen Namen reservieren lassen, bei dem Kongreß, der ja dort stattfindet, ist bestimmt das Lokal ausgebucht. Da wir uns heute nicht mehr sehen, wäre es das Vernünftigste, wir treffen uns dann morgen im Lokal. Bist du damit einverstanden?«

»Aber natürlich, es geht alles klar, wir treffen uns dann morgen. »

Als ich mich am Freitagabend von dem Ober zu dem reservierten Tisch führen ließ, waren die beiden Freunde schon anwesend. Robert stellte mich Martin vor und meinte: »Ich weiß nicht, ob du es erfahren hast, ich bin seit 5 Jahren geschieden. Das ist Gudrun, wir haben uns im Urlaub auf Sizilien kennen und auch lieben gelernt. Ihr Mann ist vor ein paar Jahren gestorben, daher waren wir beide alleine dort.«

Als ob das Wort Liebe ein Zauberwort wäre, schienen ihnen die Worte auszugehen. Jeder hing für kurze Zeit seinen Gedanken nach. Dabei spürte ich, daß von seinem Freund ein ganzes Strahlenbündel von Negativgedanken auszugehen schien. Er wirkte nervös und unruhig, als hätte er Sorgen oder Probleme, die er aber zu verbergen suchte. Der Bann wurde erst gebrochen, als der Ober die Speisekarte brachte. Nachdem wir gewählt hatten, versuchte ich die Unterhaltung zu beleben und fragte: »Wie lange habt ihr euch nun nicht mehr gesehen?« Nach reichlicher Überlegung kamen sie dann zu dem Ergebnis, daß es mindestens 20 Jahre sein müßten.

Martin erzählte dann, daß er noch immer in der Privatklinik von Dr. Schulz wäre, der ihm nun die Leitung übergeben hätte. Seine Frau würde auch noch in der Klinik arbeiten, sie leitet dort die Kinderabteilung. Von Robert wollte er dann wissen, ob er immer noch im Geologischen Institut wäre, lachend meinte er noch: »Du wolltest ja schon immer alles genau wissen, was sich hinter einer Sache verbirgt.« Robert konnte ihm dann nur kurz darauf antworten, daß er sich immer noch mit der Erde befasse, aber in der letzten Zeit nur mit Papierkram. Dann wurde das Essen serviert.

Auch beim Essen kam die Unterhaltung immer wieder ins Stocken. Aber ich konnte es gut verstehen, sie hatten sich zwar gefreut, sich nach so langer Zeit wieder getroffen zu haben. Aber die Zeit ist wie ein Wollknäuel aufgewickelt, erst wenn der Anfangsfaden gefunden ist, kommen die früheren Berührungspunkte zum Vorschein.

Als das Geschirr abgeräumt war und jeder nur noch sein Weinglas vor sich stehen hatte, fragte Robert seinen Freund: »Eigentlich weiß ich überhaupt nichts mehr von unserer Stadt. Als auch meine Mutter vor sechs Jahren gestorben ist, war ich nicht mehr dort. Wie geht es deinen Eltern? Haben sie ihren Hof noch; oder hat ihn dein Bruder übernommen?«

Daraufhin Martin: »Ja, der Hof steht zwar noch, aber er wird nicht mehr bewirtschaftet. Wir haben uns zusammengetan, ausgebaut und

Ferienwohnungen eingerichtet. Ihr kennt es ja: ›Urlaub auf dem Bauernhof‹, ist große Mode geworden. Wir haben die Felder verpachtet und das Großvieh verkauft, lediglich die Hühner, Kaninchen, den Hund und die Katzen behalten, um den Urlaubern, besonders den Kindern, noch eine echte Bauernhofidylle bieten zu können. Die Tochter von meinem Bruder, Rita, hilft meiner Mutter, den Betrieb in Schwung zu halten. Sie versteht sich besonders gut mit Kindern und freut sich, wenn sie ihnen Natur und die Tiere nahe bringen kann.«

Interessiert meinte dann Robert: »Und wie geht es deinem Vater? Weißt du noch, wie er immer zu mir sagte, ich soll nicht immer in den Himmel sehen, sondern auf die Erde, sonst würde ich eines Tages auf die Nase fallen. Jetzt schaue ich zwar auf die Erde, aber auf die Nase bin ich trotzdem öfter gefallen, aber sie ist noch heil.«

Bei dem Gespräch konnte ich die Männer ungeniert beobachten. Robert wirkte gelöst und man merkte, daß er sich freute, Martin getroffen zu haben.

Aber ich erschrak, als ich auf Martin blickte, sein Blick verlor sich in der Ferne, er hörte bestimmt, was gesprochen wurde, ob er es auch aufnahm, da war ich mir nicht sicher. Bevor ich meine Gedanken ordnen konnte, sprach Martin trotzdem weiter.

»Ja, du kennst meinen Vater noch in seinen besten Jahren, aber jetzt machen wir uns große Sorgen um ihn. Selbst ich bin mit meiner Kunst am Ende. Er ist zwar körperlich völlig in Ordnung, aber nach einem Gehirnschlag ist bei ihm einiges durcheinander geraten. Er behauptet fest und steif, er hat eine Stimme im Kopf, die mit ihm spricht. Sie wurde, wie er meint, von einem Stern, der aus dem Mond gekommen ist, auf ihn abgeschossen. »

Als ich das hörte, war ich wie erstarrt. Aber dann sprang ich von meinem Stuhl hoch, daß er polternd zu Boden fiel. Ein Ober, der gerade vorbei kam, hob ihn auf und stellte ihn wieder hinter mich. Einige Gäste schauten etwas pikiert, denn wer wirft in einem Lokal schon den Stuhl um, entweder eine Irre, oder eine Betrunkene. Ich setzte mich dann schnell wieder, schlug die Hände vors Gesicht, denn ich wußte nicht, sollte ich weinen, oder in schallendes Gelächter ausbrechen.

Als Robert seinen Arm um mich legte und mich festhielt, schaffte ich es, mich wieder zu beruhigen. Martin sah dann verständnislos von einem zum anderen. Er konnte ja nicht wissen, was das für uns bedeutete, was er so ahnungslos ausgesprochen hatte. Robert wandte sich dann an ihn und meinte: »Du darfst dich nicht wundern, wenn Gudrun so erschreckt reagierte. Aber du wirst es verstehen, wenn wir dir unsere Erlebnisse auf Sizilien erzählt haben.« Dann begannen wir zu erzählen, selbst das, was uns Wenzel damals alles anvertraute, wir ließen nicht das kleinste Detail aus. Am Ende unseres Berichtes wurde Martin immer blässer und er wiederholte nur immer wieder: »Wollt ihr damit sagen, daß mein Vater nicht verrückt ist, sondern, daß alles stimmen könnte, daß es außer ihm noch eine Stimme gibt? Aber das kann doch nicht wahr sein, nein das kann nicht wahr sein, nein, das kann nicht sein.«

Langsam kehrte bei ihm dann die normale Gesichtsfarbe wieder zurück, dann wurde ich aktiv. Ich erzählte ihm dann, daß mich Wenzel immer wieder aufgefordert hätte, alles aufzuschreiben, daß ich damit schon angefangen hätte und es für mich sehr wichtig wäre, wenn ich seinen Vater sprechen könnte. Dazu meinte Martin: »Ich glaube, daß er euch bestimmt gern sehen möchte, ich könnte mir sogar vorstellen, daß er sich freuen würde, wenn es jemanden geben würde, der ihn nicht als geistesgestört einschätzt, das haben wir leider alle getan. Außerdem kann er dann seinen Auftrag, den Befehl von seiner Stimme, mit euch besprechen. Er soll nämlich nächsten Samstag, und zwar beim Mondschein, auf den Berg gehen und dort einen Gegenstand in eine Felsspalte drücken.«

Wie auf Kommando riefen wir beide: »Einen Sender!«

Kopfschüttelnd meinte dann Martin: »Tut mir leid, aber langsam bin ich der Sache nicht mehr gewachsen, was wollt ihr nun damit wieder sagen?« Ich konnte ihm nicht verdenken, wenn er dachte. »Noch einmal zwei Verrückte!«

Wir erzählten dann auch noch die Geschichte, daß wir damals in dem Dorf ›Forza d'Agro‹ etwas aufblitzen sahen, wahrscheinlich ausgelöst durch einen Sonnenstrahl. Daß wir aber nichts gefunden hätten, wir aber vermuteten, daß die ›Faxorer‹ eventuell von einer Basis aus, vielleicht doch der Mond, durch Sender, die sie auf der Erde untergebracht haben, damit die Stimme vom Wenzel speisten. Bei unserem Stereodenken war es nicht verwunderlich, daß wir wieder gleichzeitig zum Reden anfingen. Wir waren uns einig, daß, wenn Martin es erlaube und sein Vater einverstanden wäre, wir mit ihm auf den Berg gehen möchten. Vielleicht konnte man den Gegenstand doch als Sender erkennen und unsere Theorie wäre damit erhärtet.

Ich war dann natürlich neugierig geworden und wollte Martin über seinen Vater ausfragen, als Robert schon fragte: »Sag, möchtest du uns nicht erzählen, wie dein Vater zu seiner Stimme gekommen ist? Weißt du es nicht? Oder möchtest du nicht darüber reden?«

»Natürlich würde ich sie euch gerne erzählen, aber es ist eine lange Geschichte, außerdem kann ich auch nur erzählen, was mir meine Mutter damals berichtete, als es passierte. Wollt ihr sie wirklich hören?«

»Aber natürlich möchten wir sie hören, wir haben ja noch etwas Zeit, bis das Lokal schließt«, meinte ich daraufhin lachend.

Nachdem wir noch eine Flasche Wein bestellt hatten, begann dann Martin mit seinem Bericht.

»Es war im Mai, als mein Vater wie immer am Abend, sich auf die Bank vor dem Haus setzte, um sein Bier zu trinken. Meine Mutter schimpfte zwar immer mit ihm, weil sie glaubte, daß ihm die kühle Nachtluft und das kalte Bier nicht guttäten und er an seine Bronchien denken sollte.

So war es auch an diesem Abend. Mein Vater wollte sie noch extra in Rage bringen, als er ihr erzählte, daß er auch noch vergessen hätte, Socken anzuziehen und geraucht hätte er auch noch. Außerdem wäre ihm nicht kalt und die Luft wäre wunderbar, ein richtiger Jugendquell. Bei solchen Gelegenheiten wurde ihm immer der Huberbauer vorgehalten, der auch seiner Frau nicht geglaubt hatte und nun im

Krankenhaus mit Asthma liegt, aber der ist ja auch 10 Jahre älter als mein Vater.

Nach diesem Geplänkel, wollte sie, daß er mit ins Haus gehen sollte, er aber meinte, sie sollte sich noch zu ihm setzten, er wollte ihr etwas Eigenartiges zeigen, das er schon in der letzten Nacht beobachtet hätte. Neugierig geworden, setzte sie sich dann zu ihm und er erklärte ihr das ›Phänomen‹, wie er sich ausdrückte.

Er machte ihr dann begreiflich, daß, wenn sie zum Mond empor sieht, dann könne sie die Sterne in seiner Nähe beobachten, die beständig und langsam ihre Bahn ziehen. Aber in der letzten Nacht hätte es so ausgesehen, als ob ein Stern aus dem Mond gefallen wäre. Ob er wirklich herausgefallen war, oder ob er es nur so empfunden hatte, wußte er nicht zu sagen. Denn er glaubte, für einen Stern bewegte sich das Licht zu schnell und für ein Flugzeug wieder zu langsam. Er bat sie, daß sie genau zum Mond sehen sollte, dann könnte auch sie das Licht, das wieder hier wäre, sehen.

Meine Mutter schaute nun zum Himmel, aber je länger und angestrengter sie schaute, desto weniger konnte sie erkennen, sie fand, die Sterne sehen aus wie immer. Allerdings hätte sie sich noch nie viele Gedanken darüber gemacht. Sie waren einfach da und gehörten zum Abendhimmel, wie die Sonne am Tag. Sie meinte, er sollte nicht böse sein, aber sie könnte mit dem besten Willen nichts erkennen; weder einen schnellen Stern noch ein Licht. Ob er sich nicht täuschen würde, oder ob er außer Bier noch etwas anderes getrunken hätte? Das aber verneinte er, denn sie sollte doch wissen, daß er nie mehr als zwei Bier am Abend trinken würde.

Etwas unheimlich wurde ihr dann doch, als sie merkte, daß Vater unruhig und aufgeregt wurde. So kannte sie ihn überhaupt nicht. Sie versuchte daher noch einmal krampfhaft, den Himmel abzusuchen nach dem ominösen Stern oder Licht. Dann sah sie es auch, für sie sah es wie ein roter Drachen aus, es bewegt sich in Richtung auf sie zu. Dann bekam es auch sie mit der Angst und wollte ins Haus gehen, aber Vater meinte, daß er über das Haus ziehen würde, egal, ob sie drinnen oder draußen seien. Bevor sie noch antworten konnte, sprach Vater schon weiter und jetzt konnte sie auch in seiner Stimme Angst spüren, als er immer wieder rief, daß sie es doch auch sehen müßte, daß der Stern immer schneller wird und auf ihn zukommt. Seine letzten Worte waren dann, daß sie ihm helfen sollte, der Stern würde auf ihn schießen, er will ihn bestimmt umbringen.

Noch ehe meine Mutter etwas erwidern konnte, fiel sein Kopf nach vorne und er bewegte sich nicht mehr. Meine Mutter rief dann immer nur seinen Namen, aber er gab keine Antwort mehr, daher rannte sie schreiend ins Haus, denn sie wollte Rita holen, die hatte sich schon auf ihr Zimmer zurückgezogen und wollte noch in Ruhe Musik hören. Erst als Mutter an ihre Tür schlug, fragte sie, was denn passiert wäre, denn sie konnte sich nicht vorstellen, weshalb Mutter so aufgeregt war. Aber sie rief ihr nur zu, daß sie schnell kommen sollte, sie glaube, Opa wäre tot.

Beide stürmten dann vors Haus und fanden den Opa, immer noch leblos auf der Bank sitzen. Nachdem Rita geistesgegenwärtig den Puls von ihm fühlte, beruhigte sie ihre Oma, daß Opa noch leben würde, sein Puls schlägt sehr regelmäßig und kräftig, trotzdem wußte auch sie nicht, was sie machen sollte, deshalb rief sie sofort mich an.

Zum Glück war ich zu Hause und versprach sofort heraufzukommen. Ich bat sie nur, sie sollte derweil die Oma beruhigen. Ich konnte zwar aus den verworrenen Worten von ihr nicht erahnen, was geschehen war, deshalb fragte ich auf dem Hof ankommend, schon beim Aussteigen, was denn passiert wäre. Ich wartete jedoch keine Antwort ab, sondern begab mich sich sofort zu meinem Vater. Ich hörte das Herz ab, kontrollierte den Blutdruck, der Puls ging regelmäßig. Eigentlich alles in Ordnung. Ich konnte mir keinen Reim darauf machen, warum Vater nicht ansprechbar war. Als die beiden Frauen dann endlich wissen wollten, was dem Vater fehlt, mußte ich ihnen sagen, daß es mir leid tat, aber ich wußte auch nicht genau, was mit ihm los war, alle Lebensfunktionen waren in Ordnung, daher konnte ich nichts mehr unternehmen, wir wollten ihn daher schnellstens in die Klinik bringen lassen.

Rita stürmte ins Haus, um den Krankenwagen zu bestellen, meine Mutter rannte hinterher, sie wollte sich etwas überziehen, um mitfahren zu können, denn sie wollte Vater nicht alleine lassen.

Als Rita wieder vors Haus trat, fragte ich sie, ob sie wüßte, was passiert wäre, aber sie meinte, daß sie auch keine Ahnung hätte, als Oma sie rief und an ihrer Tür rüttelte, war Opa ja schon nicht mehr ansprechbar, aber Oma würde mir schon alles berichten.

Zur selben Zeit, als meine Mutter aus dem Haus trat, hörte man schon den Krankenwagen vor das Haus fahren. Dann spielte sich alles ziemlich lautlos ab. Mit geübten Griffen wurde der Kranke auf die Bahre gelegt und ins Auto geschoben. Ich war meiner Mutter noch beim Einsteigen in den Krankenwagen behilflich, dann fuhren sie los. Ich versprach Rita, daß ich sie anrufen werde, sobald wir Näheres wissen. Wenn es akut werden sollte, dann würde ich sie abholen lassen. Dann lief ich zu meinem Auto und fuhr dem Krankenwagen nach.

Karin, meine Frau wartete bereits vor der Klinik, als der Krankenwagen ankam. Sie half Mutter, dabei sprach sie beruhigend auf sie ein. Aber sie merkte bald, daß Mutter überhaupt nicht zuhörte, was sie sprach. Sie jammerte immer nur, daß Gott ihr helfen sollte und ihn nicht sterben lassen sollte.

Der Kranke wurde schnellstens auf die Intensivstation gebracht. Kurz danach kam auch ich an und eilte sofort den Trägern nach. Ich rief dann nur Karin noch zu, daß sie mit Mutter auf mich warten sollten und wenn wir wissen, was geschehen ist, komme ich sofort zurück.

Wahrscheinlich erschien es meiner Mutteer und Karin wie eine Ewigkeit, bis ich wieder zurück kam und momentan erschraken sie, als ich dann zu ihnen trat. Karin hatte auch nicht den Mut, Mutter zu fragen, was denn überhaupt passiert sei. Der Schock war ihr noch deutlich in das Gesicht geschrieben, sie rang nur verzweifelt ihre Hände. Ich konnte sie aber dann mit der Nachricht beruhigen, daß Vater aus seiner Bewußtlosigkeit aufgewacht ist und wir zu ihm gehen können.

Als Vater Mutter sah, richtete er sich auf und fragte vorwurfsvoll, was das soll, warum er nicht in seinem Bett läge, sondern hier im Krankenhaus.

Nur mit Mühe und Not schafften wir es, daß er im Krankenhaus blieb. Mutter mußte ihm versprechen, daß sie bei uns bleibt, um immer erreichbar zu sein.

Als Vater nach einem Beruhigungsmittel eingeschlafen war, nahmen wir Mutter mit in unsere Wohnung, die zum Glück im Klinikbereich liegt. Nun endlich wollte ich von ihr wissen, was wirklich mit Vater geschehen ist. Etwas ruhiger geworden, erzählte sie dann Wort für Wort, als hätte sie es aufgeschrieben, was ich nun euch erzählt habe. Für mich war klar, daß niemand auf ihn geschossen haben konnte, denn wir hatten keine Einschußlöcher gefunden. Außerdem, wer sollte von einem Stern aus schon schießen? Wir vermuteten, daß Vater einen leichten Gehirnschlag erlitten hatte und das alles so empfand.

Ich konnte dann die Frauen nur bitten, daß sie wenigstens ins Bett gehen sollten, ich wollte noch einmal nach Vater sehen. Außerdem wollte ich noch Rita anrufen, daß sie sich keine Sorgen mehr zu machen bräuchte. Ich sagte ihnen dann noch, daß sie nicht auf mich warten sollten, ich werde in der Klinik schlafen.

Dort angekommen, ging ich sofort ins Zimmer von Vater. Er schlief noch immer und von der Schwester erfuhr ich, daß sich nichts geändert hätte. Ich schickte sie weg, weil ich selbst noch bei ihm bleiben wollte. Als ich ihn dann mit Ruhe betrachtete, bemerkte ich, daß er in der letzten Zeit schnell älter geworden ist. Ich befürchtete, daß es mit seiner Gesundheit vielleicht doch schlechter bestellt ist, als wir gedacht hatten. Außerdem hatte ich das Gefühl, als ob er weit entrückt wäre und ich keinen Zugang mehr zu ihm hatte.

In der Ruhe des Krankenzimmers stürmten auf einmal unzählige Gedanken auf mich ein. Ich schüttelte nur immer wieder den Kopf, denn ich wollte die Gedanken nicht haben. Warum war auf einmal alles so undurchsichtig geworden?

Es war nicht nur Angst und Ungewißheit in mir, es war, als ob ein feuchter Nebel über mein Gemüt ziehen würde, ein unangenehmes Gefühl beschlich mich. Wahrscheinlich bin ich überarbeitet, redete ich mir damals ein.

Dazu kamen noch die Schuldgefühle, daß ich Karin betrüge, obwohl meine Gefühle für sie immer noch stark sind. Aber auf die Liebe und Leidenschaft zu Petra kann ich auch nicht mehr verzichten Und nun noch die unheimliche Geschichte mit Vater.

Die Schwierigkeiten in meiner Ehe sind wieder eine andere Sache. Ich weiß nicht, ob ich euch auch noch damit belasten darf. Ich bin schon sehr froh, wenn ich über Vater mit euch sprechen kann, ohne Angst haben zu müssen, ausgelacht zu werden. Warum kommen immer alle Gefühlsausbrüche auf einmal zusammen? Wie schön wäre es, wenn man einfach abtauchen könnte und von allen Gedanken befreit wäre.

Aber laßt mich nun weiter erzählen. Bei all meinen Gedankengängen hatte ich überhaupt nicht bemerkt, daß Vater wach geworden ist. Erst als er meine Hand nahm, registrierte ich es. Ich fragte ihn daher, wie er sich fühlt und ob er Schmerzen hätte. Er meinte, daß er sich ganz gut fühlen würde, aber in seinem Hirn ist etwas Schweres. Er möchte es nicht sagen, aber irgendwie höre er eine Stimme in sich, die mit ihm spricht. Erschrocken und irritiert meinte ich dann, daß er das bestimmt nur geträumt hätte, wahrscheinlich war es das Medikament, das wir ihm geben mußten, das hätte ihn zum Träumen veranlaßt. Als mich Vater mit einem eigentümlichen Blick anschaute, hatte ich wieder das Gefühl, daß der feuchte Nebel immer noch an mir vorüberzieht. Dann sprach er schon weiter und meinte, die Stimme sei ganz klar in ihm, sie käme von einem anderen Stern, nun wäre sie bei uns auf der Erde und in ihm.

Ich klingelte dann der Schwester, damit sie Vater noch ein Schlafmittel geben sollte, und meinte dann, daß er versuchen sollte, noch etwas zu schlafen, die Schwester würde bei ihm bleiben und daß auch ich in der Klinik wäre, wenn er mich brauchen würde. Außerdem würde er noch genau untersucht werden, dann würden wir wissen, was los ist. Als ich schon an der Tür war, drehte ich mich nochmals um und trat an das Bett und fragte ihn, ob er mir sagen könnte, wie er die Stimme verstehen könnte, wenn sie doch von einem anderen Stern wäre. Ganz entrüstet antwortete er dann, daß sie doch deutsch mit ihm spricht, daß das doch wohl klar sein dürfte. Ich sprach den Satz mechanisch nach, ohne über den Sinn nachgedacht zu haben.

Ich schlief noch ein paar Stunden im Dienstzimmer der Klinik. Als ich am anderen Morgen in das Zimmer von meinem Vater kam, war dieser schon mit bestem Appetit beim Frühstück. Dann gab es folgenden Dialog.

›Guten Morgen Vater, wie fühlst du dich?‹

›Prächtig, mein Sohn, nach dem Frühstück fahre ich mit Mutter nach Hause.‹

›Vater, glaubst du nicht, es wäre vernünftiger, du würdest noch ein paar Tage zur Kontrolle hierbleiben? Außerdem meintest du doch gestern, in deinem Hirn ist etwas Schweres und du hörst eine Stimme. Ist sie nun verschwunden?‹

›Aber wo denkst du hin, wie kann sie denn verschwinden, wenn sie doch in mir ist. Sie sagt mir, ich bin gesund und kann nach Hause gehen.‹

Nach diesen Worten schwang er seine Beine mit einem Ruck aus dem Bett und fragte, wo seine Kleider wären, er möchte sich anziehen. Ich machte noch einen letzten Versuch, ihn zurückzuhalten und fragte ihn, ob wir nicht noch Dr. Mertens bitten sollten, nach ihm zu sehen.

Empört meinte er, daß das nicht in Frage kommen würde, außerdem ist das doch ein Irrenarzt und den bräuchte er wirklich nicht, er sei nicht verrückt, im Gegenteil, er sei verdammt normal, vielleicht zu normal. Ich erklärte ihm dann, daß er kein Irrenarzt wäre, sondern ein Neurologe. Er meinte, das sei ihm egal, er möchte nun gehen. Wenn Mutter noch bei mir wäre, wollen wir sie holen und ich sollte sie nach Hause fahren. Mir blieb nichts anderes übrig, als ihm die Kleider zu geben, die er sich in Windeseile anzog, als ob er Angst hätte, ich überlege es mir noch anders. Als wir in der Wohnung ankamen, waren Karin und Mutter schon mit dem Frühstück fertig. Der Vater nahm sich kaum Zeit, Karin zu begrüßen. Er nahm nur Mutter bei der Hand und meinte, daß er gehen möchte, er sei wieder gesund und daß ich sie nach Hause fahren sollte. Sie mit sich ziehend strebte er dem Ausgang zu. Ich zuckte nur die Schultern und meinte zu Karin, daß ich ihr alles berichten werde, wenn ich zurück bin.

Auf dem Hof angekommen, sahen wir Rita schon aus dem Haus laufen. Lachend ihrem Opa um den Hals fallend, meinte sie, daß sie froh wäre, weil er wieder hier ist und fragte immer wieder, wie es ihm gehen würde. Er murmelte dann, daß es ihm bestens gehe und sie sollte nicht glauben, wenn die Fachleute sich einbilden, daß er nicht richtig im Kopf wäre, er wäre noch nie so klar wie jetzt gewesen und nun bräuchte er frische Luft, er würde daher ein Stück den Berg hoch gehen. Ohne eine Antwort abzuwarten, verschwand er hinter dem Haus.

Betroffen sahen wir uns an. Mutter und Rita riefen wie aus einem Mund, daß ich ihnen endlich sagen sollte, was mit Vater los wäre. Ich mußte zugeben, daß ich selbst mit meinem Latein am Ende wäre und ich konnte nur wiederholen, daß körperlich alles in Ordnung ist, aber nun würde er behaupten, daß er eine Stimme in sich hätte, die mit ihm spricht. Ritas Augen wurden dann ganz groß, als sie wissen wollte, ob Großvater denn verrückt sei? Da mischte sich meine Mutter ein und meinte, ob nicht doch der Stern schuld wäre, vielleicht hatte er doch auf ihn geschossen? Ich beruhigte sie dann und versicherte ihr, daß es so etwas einfach nicht gibt. Ich würde Vater schon noch dazu bringen, daß er zu Dr. Mertens in Behandlung geht.

Als ich dann zurückfuhr, bat ich sie, wenn sich etwas bei Vater ändert, sollten sie sofort anrufen. Ich konnte Mutter und Rita nur immer wieder versichern, daß sie sich keine Sorgen machen müßten, es würde alles wieder gut werden.

Aber in meinem Innersten wußte ich, daß es eine Lüge war, mein Gefühl sagte mir, ab jetzt wird nichts mehr in Ordnung sein. Ich sitze in einem Karussell, das sich immer schneller dreht, und keiner kann mehr aussteigen. Vielleicht bin doch ich die auslösende Katastrophe.

Ich habe das Gefüge unserer Familie durchbrochen. Ich habe mich in eine andere Frau verliebt und ich weiß, ich kann mich dieser Liebe nicht mehr entziehen, obwohl ich die anderen damit sehr verletzen muß. Wie sagte Vater, ich bin verdammt normal, was bin ich? Und das weiß ich bis heute noch nicht. Als ich dann zurückkam, erzählte ich Karin noch alles, dann hatte ich nur noch einen Wunsch, und zwar schlafen, nichts als schlafen.«

Nach dieser langen Erzählung griffen wir automatisch zu unseren Gläsern, die waren zwar schon fast leer, aber der letzte Schluck war eine Wohltat. Dabei bemerkten wir, daß wir fast die letzten Gäste waren. Der Ober schaute schon zu uns herüber, er wollte bestimmt auch ins Bett. Den Gefallen taten wir ihm dann auch, indem wir bezahlten. Die Initiative ergreifend fragte ich, dabei das ›Du‹ benützend, Martin, wie lange der Kongreß noch dauern würde. Er meinte dazu, daß er eigentlich schon vorbei sei, morgen wäre nur noch die Verabschiedung, mit dem üblichen Bla-bla.«

Ich fragte ihn daher, ob er nicht Zeit und Lust hätte, zu uns, das heißt zu mir, denn wir wohnen nicht zusammen, zum Essen zu kommen. Wir könnten, wenn er möchte, noch über seine Ehe sprechen. Wenn er selbstgebackenen Leberkäse möchte, da hätte mein Metzger was besonders Gutes zu bieten, dann könnte er zum Mittagessen kommen.

Begeistert meinte er dann: »O ja, vielen Dank, da kann ich natürlich nicht widerstehen, und würde gerne zu euch kommen.« Als ich ihm dann meine Visitenkarte gab, meinte er noch: »Weshalb wohnt ihr denn noch nicht zusammen?«

Diesmal antwortete Robert alleine: »Ja du hast recht, aber wir kennen uns ja noch nicht so lange und meine kluge Frau meint immer noch, daß wir noch warten sollten, bis wir ganz sicher sind, daß unsere Gefühle auch den Alltag überstehen würden. Aber ich hoffe, daß sie bald einsehen wird, daß ich der einzig richtige Mann für sie bin.«

Lachend verließen wir dann endlich das Lokal. Martin wohnte ja im Hotel, und wir fuhren mit dem Taxi zu meiner Wohnung.

Trotz der späten Stunde, es war längst nach Mitternacht, konnte ich keinen Schlaf finden. Ich war zwar müde und doch munter und aufgedreht. Ich merkte, daß es Robert genauso erging, er wechselte seine Schlafstellung immer wieder. Deshalb nahm er wohl meine Hand und murmelte: »Ich merke, du kannst auch nicht schlafen, ich werde dich festhalten und gemeinsam schaffen wir alles, ich weiß es, ich weiß auch, daß wir nun in Morpheus Arme sinken werden, du mußt nur daran glauben.«

Ich mußte dann doch eingeschlafen sein. Als sich in einem Zustand zwischen Schlaf und Erwachen eine monotone Stimme in meinem Unterbewußtsein festsetzte, dabei immer aufdringlicher wurde, war ich nicht weit entfernt zu glauben, daß auch mich eine Stimme verfolgt. Die unheilvolle Stimme löste sich aber von den Lippen des Sechsuhr-Nachrichtensprechers, der seine Prognose für das Wetter am Wochenende durch den Äther jagte. Ich hatte vergessen, die Weckuhr abzustellen. Zum Aufstehen war es noch zu früh, deshalb schaltete ich die Stimme einfach ab, dann konnte ich den kurzen Schlaf noch etwas verlängern. Meine letzten bewußten Gedanken waren dann: »Wie schön wäre es, wenn man alle Stimmen, die man nicht hören möchte, einfach abschalten könnte.«

Kapitel 2

Am Samstag kam dann Martin buchstäblich angerannt, denn er schaffte es nicht, bis um 12.00 Uhr bei uns zu sein. Aber die halbe Stunde Verspätung machte dem Leberkäse nichts aus, er stand ja warm im Ofen.

Beim Essen vermieden wir krampfhaft, nicht über ihn, seine Familie oder über uns zu reden, es ging dann um die Ärztekunst und ob sie auch alles wissen würden, was in einem Menschen so vor sich geht .

Nach einer kurzen Gesprächspause, spürte ich, daß Martin sich bemühte, einen Anfang zu finden, um seine Probleme darzulegen. Er wußte wahrscheinlich nicht, wo er beginnen sollte und was er uns alles sagen sollte, denn mich kannte er ja noch nicht, und er wußte ja nicht, wie ich alles auffassen würde. Er richtete dann zuerst an Robert das Wort und meinte: »Du warst zwar damals bei unserer Hochzeit dabei, aber das ist schon lange her, ob du dich noch an Karin erinnern kannst ist also fraglich, außerdem sind wir alle älter geworden, und unser Aussehen hat sich auch verändert. Wir führten die ganzen Jahre eigentlich eine gute und harmonische Ehe, daß wir uns auseinander gelebt hatten, merkt man erst, wenn es zu spät ist. Wahrscheinlich sind wir gemeinsam an der Entwicklung schuld. Wir hatten in den letzten Jahren zu wenig Zeit für uns. Wenn ich Probleme hatte, war sie nicht da, oder ich merkte, daß sie momentan nicht in der Lage war, sich meiner Probleme anzunehmen. Auch Karin war oft in derselben Lage, und sie war oft gezwungen, alles mit sich selbst auszumachen, weil ich nicht da war, oder sie wollte mich nicht belästigen. So fragt man sich dann, ob die eigene Frau alle Gefühle und inneren Schwingungen kennt? Aber ich bin ja auch nicht viel besser, was weiß ich überhaupt von ihr? Ich weiß, daß Karin meine Frau ist, daß sie eine gute Ärztin ist, gut kochen kann und sehr tolerant ist. Aber was sie wirklich bewegt, weiß ich nicht. Sie war mit ihren Gefühlsausbrüchen immer sehr sparsam und nicht gerade mitteilsam. Ich war zu bequem oder zu feige, tiefer in sie zu dringen. Nach außen hin waren wir perfekt, wir saßen uns nie stumm am Frühstückstisch oder beim Essen gegenüber. Über Krankheiten oder Patienten geht der Austausch nie aus. Bei Gesellschaften waren wir gern gesehen, denn wir trugen unsere Meinungsverschiedenheiten nie in der Öffentlichkeit aus. Wir hatten auch im Urlaub keinerlei Probleme, weil wir immer die gleichen Ziele und Interessen hatten. Unser Liebesleben war vielleicht intakt, aber manchmal wurde ich das Gefühl nicht los, daß ein Orgasmus bei Karin nicht als ein Liebesbeweis gewertet wurde, sondern ein Orgasmus war nur ein Mittel, ihre inneren Spannungen abzubauen, also nur ein rein körperlicher Vorgang. Wir haben zwar zusammen gelebt, aber nicht zusammen gelitten oder geliebt. Manchmal kam ich mir so leer und aufgebraucht vor, aber ich hatte keine Batterie, die mich wieder aufgeladen hätte. So konnte es wohl auch geschehen, daß ich mich in eine andere Frau verliebte. Ich wollte es Karin schon sagen, aber so einfach ist es eben nicht, einzugestehen, daß die Ehe zerbrochen ist. Aber ihr wißt ja selber, der Zufall hilft manchmal etwas nach und nimmt einem die Entscheidung aus der Hand, so war es auch letzte Woche bei mir.

›Martin, du kommst spät. War noch was Besonderes?‹ Mit diesen Worten begrüßte Karin mich. Dazu meinte ich, daß ich nur noch die Abhandlung von Dr. Mertens gelesen hätte, aber es gibt nichts Neues in der Neurologie. Ich setzte mich dann in den Ohrensessel, den nur ich benütze und schloß die Augen. Aber ich konnte mich nicht entspannen. Meine Hände bewegten sich auf den Sessellehnen unruhig hin und her. Ich war nervös und abgehetzt, die nicht geschlafenen Nächte machten sich bemerkbar.

Karin betrat mit zwei Whiskygläsern in der Hand den Raum, dabei erklärte sie, daß für die kommende Aussprache eine Stärkung wohl angebracht wäre. Als sie mich dann mit geschlossenen Augen sitzen sah, dachte sie wohl, ich sei eingeschlafen und nahm daher meine Hand und hielt sie für kurze Zeit fest, dann reichte sie mir nur schweigend das Glas, prostete mir zu und begann zu sprechen. Sie hoffte, daß ich bereit wäre, mit ihr zu sprechen, denn es gebe da einige Probleme, mit denen sie nicht fertig würde. Ich schaute sie wahrscheinlich etwas irritiert an und konnte nur mit dem Kopf nicken, dabei hielt ich das Glas in der Hand, als würde ich daran Halt finden. Zuerst sagte sie mir noch, daß Vater angerufen hätte und ich ihn zurückrufen sollte, es wäre dringend. Ich war ärgerlich und wollte wissen, was für Verrücktheiten er sich nun wieder ausgedacht hätte, und ob er immer noch nicht kapiert hätte, daß seine Stimme nur die Folge seines Gehirnschlages ist, warum er uns nun damit terrorisiert. Dabei dachte ich mir, warum holt sie nicht alle der Teufel. Etwas schärfer als gewollt meinte ich dann, daß ich schon zur rechten Zeit anrufen würde. Daraufhin meinte Karin, daß ich in letzter Zeit sehr aggressiv sei und sie fürchte, daß ich nun vollends durchdrehe. Ich konnte mich nur entschuldigen, denn ich spürte, daß ich in der letzten Zeit wirklich etwas neben mir stehe und meinte, daß sie aber trotzdem mit mir reden könnte.

Sie hob nur die Schultern und meinte, daß sie sich nicht mehr so sicher ist, ob der Zeitpunkt geeignet wäre für eine Aussprache, dann gab sie sich einen Ruck und erzählte. Als ich nicht in der Klinik war, kam ein Anruf für Dr. Bauer. Frau Lindermeier legte, als ich nicht zu erreichen war, das Gespräch zu ihr herüber und ich könnte mir bestimmt nicht denken, wer mich sprechen wollte, es wäre meine Wolke gewesen. Sie sei bei dem Anruf überhaupt nicht zu Wort gekommen, denn die Dame meinte, sie wisse, daß sie nicht anrufen soll. Da sie ja der Meinung war, mit mir zu sprechen, meinte sie, ich sollte nichts sagen. Aber ihre Sehnsucht wäre so groß, daß sie mir das tiefe Empfinden der letzten Liebesstunden anvertrauen müsse. Entschuldigend meinte sie, daß es von ihr ungeheuerlich war, nicht einfach aufzulegen. Aber wie unter Zwang preßte sie den Hörer an ihr Ohr, um ja nichts zu überhören. Als sie die Worte von Petra wiederholte, klang ihre Stimme schon sehr ironisch und gereizt: ›Liebling, ich möchte dir entgegenfliegen und dir danken für die Liebe, die du mir schenktest. Ich wußte bis dahin nicht, daß es so etwas von Körperverschmelzung geben kann. Ich kam mir vor wie eine Wolke, zuerst schwarz, voller Sturm und Regen. Als sich dann die schweren Tropfen lösten, wurde die Wolke luftig, leicht und durchsichtig. Voller Grazie entschwand sie dann im All. Obwohl ich zurückbleiben mußte, ist in mir die Leichtigkeit und Glückseligkeit zurückgeblieben.‹ Sie hätte dann den Hörer aufgelegt, ohne ein Wort zu sagen.

Ich war wie gelähmt und zu keinem Wort fähig, am liebsten wäre ich im Sessel verschwunden, aber Karin sprach dann schon weiter und bat mich, daß wir vernünftig über die Sache reden sollten, vielleicht würde sich alles als Irrtum aufklären. Ob es für mich nur ein Abenteuer wäre, oder ob ich sie wirklich lieben würde. Wenn ja, was dann aus unserer Liebe geworden ist und ob ich all die vielen Ehejahre vergessen oder verdrängt hätte, oder ob sie für mich überhaupt nicht vorhanden waren.

Sie könnte es nicht verstehen, wir wären doch immer eine Einheit gewesen und konnten uns doch immer aufeinander verlassen. Wir lebten doch in einer Harmonie, wir hatten keine schweren Krisen oder Auseinandersetzungen. Unser Liebesleben war doch auch ausgefüllt. Sag mir, was haben wir falsch gemacht, oder was habe ich falsch gemacht? Dann wollte sie noch wissen, ob sie die Frau kennt, und wie lange ich schon mit ihr ins Bett gehe.

Erschöpft lehnte sich Karin in ihrem Sessel zurück und schloß die Augen. Als sie dann aufstand, um etwas Whisky nachzufüllen, erschrak ich, denn ich saß noch immer regungslos zusammengesunken in meinem Sessel. Wie sie wohl glaubte, fragte sie dann lässig, daß ich nun an der Reihe wäre und was ich zu meiner Verteidigung zu sagen hätte.

Wie durch eine fremde Macht aufgefrischt, streckte ich mich und wurde plötzlich energiegeladen. Ich fühlte, wie mein Gesicht sich entspannte, und meine Augen bekamen bestimmt einen zärtlichen Ausdruck, ich dachte an Petra; denn ihretwegen mußte es ja zu der Aussprache kommen.

Dann brach auf einmal alles mir heraus und ich sagte ihr, daß ich schon lange eine Erklärung schuldig wäre, aber ich hätte einfach Angst gehabt, und ich wollte ihr nicht weh tun, was ich ja eigentlich nicht vermeiden konnte. Ich wollte ihr dann erklären, daß ich niemals die Jahre unserer Ehe vergessen möchte. Aber es gibt eben manchmal eine Begegnung mit einem anderen Menschen, bei dem dann Empfindungen und Regungen wach werden, von denen man nicht ahnt, daß sie in einem existieren.

Theatralisch unterbrach sie mich dann, ob mir dann das große Wunder der Liebe begegnet wäre, als ich der Frau nahe gekommen bin.

Darauf konnte ich nur die Wahrheit sagen, daß man es so sehen kann. Aber sie würde die Frau nicht kennen, sie war Patientin auf meiner Station, und sie wäre ihr nie begegnet. Wir würden uns seit drei Monaten kennen, und ins Bett gegangen, wie sie so treffend bemerkte, seien wir erst einmal und das wäre gestern gewesen. Ich muß gestehen, es tat mir weh, es sagen zu müssen, aber so einen

Höhenflug in einer körperlichen Vereinigung hatte ich noch nie erlebt. Das Hinabtauchen bei einem Orgasmus ist vielleicht nur bei Liebenden möglich, wenn Körper und Seele sich zur gleichen Zeit vereinen. Dabei hatten wir beide das gleiche Gefühl, als würden wir in eine andere Dimension eintauchen, wir waren nicht mehr von dieser Erde. Vielleicht stimmt es doch, daß es noch Empfindungen gibt, die höher liegen, als man allgemein von der Liebe kennt und erwartet. Wahrscheinlich hat Gott doch recht, wenn er behauptet, die Seele würde einmal zum Himmel emporsteigen, aber das kann nur die Liebe mit ihrer Schubkraft schaffen. Nur wurde nicht überliefert, daß man auch wieder zurückkehren muß, vorausgesetzt, man möchte das auch.

Ich glaube, ich hatte sie mit meinen Worten sehr verletzt, dabei wollte ich ihr nur meine Liebe erklären. Ich bat sie immer wieder, daß sie mir glauben sollte, daß ich alles nicht gewollt hätte, aber das sind Dinge, gegen die man einfach machtlos ist.

Als ich zu reden aufhörte, war eine greifbare unheimliche Stille im Raum, die es fast verbot, zu atmen. Ich sah nur Karin an, denn ich wußte nicht, wie sie reagieren würde, hysterisch mit Tränen oder mit ihrer üblichen Sachlichkeit. Sie überlegte wohl, was ich von ihr erwarte, ob ich Tränen will oder Sachlichkeit.

Sie entschied sich für Sachlichkeit. Wir erschraken beide, als uns ihre Worte in der Stille übernatürlich laut vorkamen und sie mich fragte, ob ich mir schon überlegt hätte, wie es nun weitergehen sollte. Ich konnte nur erwidern: ›Nein‹, aber ich wußte wirklich nicht, was nun passieren sollte.

Es war dann schon weit nach Mitternacht, als Karin aufstand und meinte, daß sie vorschlagen würde, daß wir ins Bett gehen sollten und morgen könnten wir dann weiter sprechen, so hätte jeder noch Zeit zum Nachdenken. Als ich Karin dann fragte, ob ich nebenan schlafen solle, meinte sie, daß es Quatsch wäre, wir hätten gestern in einem Raum geschlafen, dann könnten wir es auch heute tun. Wir hätten uns in den paar Stunden schließlich nicht zu Ungeheuern entwickelt. Sie müßte morgen erst um 10.00 Uhr in der Klinik sein, ich könnte sie also schlafen lassen. Danach wünschte sie mir eine gute Nacht, und ging einfach aus dem Raum.

Am anderen Morgen verließ ich dann die Wohnung, ohne mit Karin gesprochen zu haben. Ich versuchte von der Klinik aus Petra telefonisch zu erreichen, was mir dann auch beim ersten Anruf gelang, dabei hatte ich das Gefühl, sie saß schon vor dem Telefon und wartete auf meinen Anruf. Als ich mich meldete, und sie fragte, wie es ihr gehe, kam als Antwort nur ein Schluchzen und sie konnte kaum antworten, als sie meinte, daß sie schon auf meinen Anruf gewartet hätte. Ich sollte ihr verzeihen, sie hätte bestimmt gestern eine große Dummheit gemacht. Sie weiß jetzt, daß sie nicht anrufen hätte dürfen, aber sie hätte sich so sehr nach mir gesehnt. Ihre Nerven vibrierten vor Verlangen, wenigstens meine geliebte Stimme zu hören. Sie wollte, daß ich ihr sagen könnte, daß ich mich genau so nach Liebe sehne wie sie. Sie hoffte, daß sie nicht alles zerstört hätte und ich sollte ihr nicht böse sein, dann war nur noch ihr leises Weinen zu hören.

Ich, der selbst sehr erregt war von der Aussprache mit Karin, versuchte sie zu beruhigen und meinte, daß sie nicht weinen sollte, denn damit würde sie mich nur traurig machen, es wäre alles gut, ich hätte es ja doch einmal sagen müssen. Wir hätten daher gestern ein langes Gespräch geführt. Aber ich werde ihr alles berichten, wenn ich am Nachmittag zu ihr kommen würde, sie sollte sich beruhigen, es würde keiner den Lauf unserer Liebe aufhalten können.

Ich konnte zwar Petra trösten, aber nicht mich selbst, weil ich mir immer einrede, ich müßte ein schlechtes Gewissen haben. Ich kann mir gut vorstellen, was Karin denkt und fühlt, dafür waren wir ja lange genug zusammen. Sie hatte nach unserer Aussprache bestimmt auch über den Vertrauensbruch von mir, vielleicht Tränen der Wut, der Trauer und der Enttäuschung vergossen. Sie wird sich gefragt haben, ob wir uns wirklich so fremd geworden sind und sie es nicht wahrgenommen hatte. Vielleicht machte sie sich sogar Gedanken, ob es nicht passiert wäre, wenn sie nicht ihren Beruf ausgeübt hätte und nur Hausfrau gewesen wäre.

Aber ich glaube, das, was kommen muß, kommt einfach und man

kann nicht beurteilen, wenn die Umstände anders gelagert gewesen wären, ob es anders gekommen wäre. Aber jetzt denke ich nur noch, warum muß der Mensch immer nur Rücksicht auf andere nehmen. Warum hat man immer ein schlechtes Gewissen, wenn man nicht das tut, was die anderen von einem erwarten. Wo bleibt man am Schluß dann selbst?

Meinen Vater hatte ich natürlich auch nicht sofort angerufen, denn ihr wißt ja selbst, wie es ist, für unangenehme Dinge, vor denen man sich drücken will, findet man immer eine Ausrede, daß man es nicht machen konnte. Aber ich hatte wirklich viel zu tun.

Das Gespräch mit Karin fand letzte Woche am Mittwoch statt. Am Donnerstag bin ich dann die ganze Nacht bei Petra geblieben. Ihr Mann ist zur Zeit für ein halbes Jahr in Amerika, aber ihre Ehe besteht so nur noch auf dem Papier. Er ist meistens mit seiner Sekretärin unterwegs.

Am Freitagmorgen traf ich dann Karin erst in der Klinik wieder, und sie fragte mich, ob ich mich noch an Dr. Singer aus Singapur erinnern könnte. Er wäre vor drei Jahren für sechs Wochen bei ihr zur Information gewesen. Er ist ein sehr guter Kinderarzt; er war immer lustig und gut aufgelegt. Er hatte einen guten Draht zu den Kindern. Wenn er kam, riefen sie immer: ›Dr. Singer, singen Sie uns etwas vor.‹ Das hatte er dann auch gemacht, er sang zwar immer das gleiche Lied, aber die Kinder waren selig. Vor einem halben Jahr hätte er geschrieben, er ist jetzt Oberarzt in der Kinderabteilung in Singapur. Sie hätten sehr viel Neues in der Kindermedizin eingeführt. Er würde sie deshalb einladen, ein paar Wochen nach Singapur zu kommen. Er hätte so viel bei uns gelernt, vielleicht könnte sie nun was Neues bei ihnen entdecken. Frau Lindermeier hatte zum Glück den Brief abgelegt und sie dachte, wenn es mir recht wäre, würde sie an Dr. Singer schreiben und fragen, ob sein Angebot noch Gültigkeit hat. Wenn ja, würde sie für ein paar Wochen zu ihm gehen. In dieser Zeit könnten wir uns mit unseren Gefühlen auseinandersetzen. Ich könnte mich prüfen, ob meine neue Liebe wirklich das verspricht, was ich von ihr erwarte, oder ob es nur eine Seifenblase ist und ich doch bei ihr bleiben möchte. Wenn ich mich allerdings für Petra entscheiden würde, dann sollte ich, wenn sie zurückkommt, die Wohnung verlassen haben. Sie glaubte, es wäre eine gute Lösung für uns beide, wenn sie einfach wegfähre. Außerdem liebt sie Singapur sehr, denn wir waren schon einmal dort und damals wäre sie am liebsten geblieben. Gedacht hatte sie sich dabei bestimmt, daß sie wie immer das Unangenehme erledigen müßte, aber leider hat sie auch damit recht.

Als am Freitagabend Karin nach Hause kam, war ich schon da. Zuerst wußten wir nicht, wie wir uns verhalten sollten. Den üblichen Begrüßungskuß ausfallen lassen? Fröhlich oder wütend dreinschauen? Wer lehrt einem in solchen Situationen das Richtige zu tun oder zu sagen. Der Begrüßungskuß fiel dann aus. Karin ließ sich müde in den Sessel fallen und meinte, daß sie nichts zum Abendessen vorbereitet hätte, denn sie hätte nicht gedacht, daß ich schon hier sein würde.

Wir einigten uns dann, daß ich Pizza bestellen sollte, und sie nachsehen würde, ob wir noch Wein im Regal hatten, danach deckten wir gemeinsam den Tisch. Als dann die Pizza verlockend duftend auf dem Tisch stand, der Rotwein in den Gläsern funkelte, wurde es mir, und ich glaube auch, Karin eng ums Herz, denn ich mußte denken, genau wie früher und nun soll alles zu Ende sein? In diesem Moment war ich mir meiner neuen Liebe nicht mehr so sicher. Aber der Wein spülte dann die Erinnerung schnell wieder weg.

Als wir mit dem Essen fertig waren, erzählte mir Karin, daß meine Mutter angerufen hätte und etwas irritiert war, daß ich nicht zurückgerufen hätte. Dann erzählte sie, was Vater machen muß, und daß er wünscht, daß ich ihn begleiten sollte. Damals meinte ich, daß das ja völlig irre sei und es käme überhaupt nicht in Frage, daß ich den Humbug mitmache. Langsam würde das schon in Voo-Do-Zauber ausarten. Mitternacht und Mondschein, fehlt nur noch, daß wir getrocknete Kröten mitbringen sollten. Ich würde keine Lust haben, in der Nacht auf den Berg zu steigen. Jetzt tut es mir leid und ich schäme mich, daß ich Vater mit seiner Stimme nicht ernst genommen habe und so ungeduldig war.

Aber unsere Schulmedizin sieht die Erkrankung eines Organs ganz begrenzt, und nur was erkennbar ist. Daß aber der Körper nicht für sich alleine gesehen werden kann, sondern nur im Zusammenhang mit Seele und Geist. Wenn dann unsere Chemie nicht mehr hilft, dann schicken wir die Patienten eben zum Neurologen, der kann dann sehen, was er tun kann. Aber ich glaube, ich habe mich zu viel mit meiner Liebe beschäftigt und darüber alles andere abgeschoben. Wenn ich jetzt ernsthaft darüber nachdenke, hätte ich meinen Vater besser kennen müssen, daß er keine Dinge erzählt, die nicht stimmen. Aber unsere Diagnose war Hirnschädigung, basta. Ich muß viel wieder gutmachen, und ich danke dem Schicksal, daß ich euch zur rechten Zeit begegnet bin.«

Als Martin geendet hatte, saß wir stumm da, als hielten wir eine Schweigeminute ein. Als ich mich dann innerlich schüttelte, um die Starre von mir zu lösen, fielen mir meine Gastgeberpflichten wieder ein und ich fragte, ob noch jemand etwas zum trinken möchte. »Bier, Wein, Schnaps oder Wasser«. Martin bat dann um ein Glas Wasser, denn er mußte ja noch mit dem Auto zurückfahren und wie er meinte, möchte er das in Kürze tun. Er versprach uns noch, daß er sofort mit seinem Vater sprechen würde, und wenn es ihm recht ist, dann könnten wir nächsten Samstag zu der Vollmondnacht kommen.

Der Abschied fiel inniger aus, als die Begrüßung, wir umarmten uns lange, denn das ›Du‹ haben wir inzwischen beibehalten.

Als ich die Tür hinter Martin geschlossen hatte, setzte ich mich wieder in den Sessel und schloß die Augen. Robert stellte sich hinter mich und massierte meinen Nacken und die Schultern, denn er wußte, daß ich mich dabei entspannen konnte. Aber diesmal lösten seine Hände keine wohltuende Wärme aus, sondern ein Film von Geschehnissen von Sizilien ratterten durch mein Hirn, dabei dachte ich wohl laut.

»Weißt du noch, was Wenzel damals sagte? Daß wir immer wieder Menschen begegnen werden, die eine Stimme in sich haben. Damals hatte ich es nicht geglaubt, oder du?«

Robert antwortete nicht darauf, aber eigentlich hatte ich auch keine erwartet. Ich nahm nur seine Hände und legte sie mir über die Augen, ich wollte momentan nichts mehr sehen, ich wollte nur spüren, daß ich nicht alleine bin. Nun war ich dem Schicksal dankbar, daß ich ihm begegnet bin. Vielleicht liegt in der Trennung von Martin und Karin auch ein tiefer Sinn dahinter, wer weiß es, oder was wissen wir überhaupt?

Robert mußte dann spüren, daß ich mich entspannte und nahm seine Hände von meinen Augen und meinte: »Wenn du willst, kannst du dich noch etwas ausruhen, ich werde dann den Tisch abräumen.«

»Nein, es geht mir wieder gut, ich werde dir dabei helfen, denn Arbeit lenkt von unangenehmen Gedanken ab.«

Aber die Arbeit konnte nicht verhindern, daß unser Gespräch sich immer im Kreise drehte. Was wissen wir wirklich? Was haben wir an Tatsachen? Eine Welle auf dem Meer, den Ausbruch des Ätna, zwei Männer, die mit unsichtbaren Stimmen konfrontiert werden. Zufälle der Natur? Oder Phantasie älterer Männer mit Hirngespinsten? Aber warum den Spruch nicht einmal umwandeln: ›Der Mensch denkt und Gott lenkt‹ in ›Der Mensch denkt und der Faxorer lenkt.‹

Auf ein anderes Thema kommend, meinte Robert plötzlich: »Martin ist zwar mein Freund gewesen und wird es auch bleiben, aber ich kann ihn trotzdem nicht verstehen, daß er sich von seiner Frau trennen will. Ich kann mich sehr gut in die Lage von Karin versetzen, denn ich weiß, wie es ist, erfahren zu müssen, daß der Mensch, den man liebte und dem man vertraute, sich einfach jemandem anderen zuwendet. Sie wird jetzt schwer zu kämpfen haben, wenn sie darüber hinwegkommen will. Selbst das Gerede, daß man selbstverständlich Freunde bleiben werde, daß man da sein wird, wenn man Hilfe braucht, daß man ja das bisherige Leben nicht einfach wegschieben möchte. Die Beziehung kann nicht von heute auf morgen, wie eine beschädigte Sanduhr verrinnen, aber man kann seinem Schicksal nicht entgehen. Das sind Worte, die auf einem schlechten Gewissen basieren, die sind bald vergessen, das wird auch sie noch erfahren müssen.«

Am Dienstag erhielten wir dann von Martin Nachricht. Er beteuerte immer wieder, daß sich sein Vater freuen würde, wenn wir kommen würden. Er würde uns auch sehr gerne mit auf den Berg nehmen. Von seiner Nichte sollte er ausrichten, daß sie für uns ein Zimmer reserviert und wir auch schon am Freitag kommen könnten.

Kapitel 3

Nachdem wir am Freitagabend in der Pension ›Bergblick‹ angekommen waren, führte uns Rita sofort auf unser Zimmer. Sie meinte, wenn wir uns vorher noch frisch machen möchten, denn ihre Familie möchte uns gerne zum Essen einladen.

Auch der kalte Wasserstrahl aus der Dusche ließ das unangenehme Gefühl, was wird uns wohl erwarten, nicht vertreiben. Wird sich das, was Wenzel erzählt hatte, hier bestätigen? Oder wird alles wie eine Seifenblase platzen?

Nachdem ich der Familie vorgestellt wurde und mich der Hausherr anblickte, wußte ich es. Er hatte den selben Ausdruck in den Augen wie Wenzel. Mein gleichsam gespreiztes Gefieder legte sich und ich wurde in eine Ruhe, man konnte schon sagen in eine Schwerelosigkeit, eingebettet. Danach hatte ich mich nur noch auf das Abendessen konzentriert. Es gab Schinken, Leberwurst, Griebenwurst und dazu kerniges Schwarzbrot. Alles Dinge, die ich sehr liebe. Das Gespräch drehte sich dabei um die Jugendzeit von Martin und Robert. Die Worte, »weißt du noch?« fielen immer öfter. Rita und ich, lächelten uns manchmal zu, denn sie war zu jung und ich war nicht dabei, so konnten wir auch nicht mitreden.

Nach dem Essen meinte Martins Mutter, daß sie sich und Rita zurückziehen möchten, denn wir hätten bestimmt mit ihrem Mann noch viel zu besprechen. Sie brachte noch eine Flasche Wein und wünschte uns eine gute Nacht.

Umständlich schenkte der Hausherr den Wein in die Gläser, wahrscheinlich wollte auch er Zeit gewinnen, was wir in Wirklichkeit auch wollten.

Robert durchbrach dann das Schweigen und fragte dann behutsam: »Ich darf doch noch wie früher Bauervater zu dir sagen? Dann spricht es sich leichter.«

»Aber selbstverständlich, mein Junge, auch deine Frau kann sich dabei anschließen, und ich kann dann Gudrun zu ihr sagen.« Ich lächelte nur, nickte mit dem Kopf und er sprach dann sofort weiter.

»Martin hatte mich nur kurz unterrichtet, daß du und deine Frau ein seltsames Erlebnis auf Sizilien hattet und daß ihr gerne mit mir auf den Berg gehen möchtet. Nun bin ich natürlich sehr neugierig auf euren Bericht.«

Robert erzählte dann unser Sizilienerlebnis, ich brauchte dazu nichts mehr zu sagen, daher nippte ich immer öfter an meinem Glas Wein.

Als Robert geendet hatte, entstand eine längere Gesprächspause. Dabei war in der Stille nur das Ticken der Uhr, wie mir vorkam, etwas überlaut zu hören. Bei einem Blick durch das Fenster konnte ich durch die blank geputzten Scheiben direkt in das, für mich immer grinsende, Gesicht des Mondes sehen.

Martins Vater fragte uns dann etwas zaghaft: »Wenn ich euch nun recht verstanden habe, glaubt ihr an die Stimme und denkt nicht, daß ich verrückt bin?«

Da war nun wieder die Gewissensfrage. Sind wir uns eigentlich selbst ganz sicher, daß es die Stimme gibt? Wir sind uns ja noch nicht einmal sicher, ob wir es glauben sollen, daß wir sicher sind. Wir wollten aber trotzdem noch von ihm wissen, was seine Stimme für Auskünfte gibt und wie er zu der Stimme gekommen ist. Er erzählte dann, was wir ja schon von Martin erfahren hatten, daß damals in der Mondnacht er das Gefühl hatte, es wäre auf ihn geschossen worden. Danach aber nichts mehr wußte, erst als er in der Klinik aufwachte, hatte er die Stimme wahrgenommen. Sie sagte ihm dann, daß sie von einer anderen Galaxie komme. Er müßte keine Angst haben, es würde ihm nichts geschehen. Er würde auch zu den Auserwählten gehören, die versuchen sollten, den Menschen ihren Raubbau an der Erde vor Augen zu halten, und sie zu bewegen, die Erde lebenswert zu erhalten. Etwas unsicher meinte er dann, daß er bis jetzt allerdings noch nicht viel zur Verbesserung oder Erhaltung unserer Erde beitragen konnte. Aber er hoffe, daß der Auftrag, den er nun zu erfüllen hätte, der Anfang ist. Danach erklärte er noch, was wir zu tun hätten, wenn wir mit ihm gehen möchten.

Die ›Faxorer‹ hätten wieder einen Sender auf die Erde abgeschossen, leider sei eine kleine Panne passiert, der Sender ist nicht in die vorgesehene Felsspalte eingedrungen, sondern auf halbem Wege stecken geblieben. Nun müßten wir den Spalt erweitern, um den Sender versenken zu können. Es wäre sehr wichtig, denn der Sender kann nicht nur senden und empfangen. Er kann auch unsere Luft, unsere Atmosphäre und was sonst noch faul ist auf unserer Erde, messen und registrieren.

Ahnungslos, wie ich nun einmal bin, fragte ich treuherzig: »Aber warum müssen wir das in der Nacht machen, wo man nichts sehen kann, vielleicht nicht einmal den Weg?«

Nun lachte der Bauervater richtig herzhaft. »Junge Frau, das ist gut gefragt, aber ich weiß leider auch nur ungefähr, wo der Sender stecken könnte. Ich müßte danach vielleicht Tage und Monate suchen, bis ich ihn gefunden habe. In der Nacht aber, wenn ihn der Vollmond beleuchtet, wird er aufblitzen und wir wissen, wo er ist. Also ganz einfach. Wir werden daher morgen Nacht um 22.00 Uhr losgehen, in einer Stunde sind wir dann an dem vermuteten Ort.«

»Ja, ja, so einfach ist das«, wagte ich dann einzuwenden. »Aber ob das auch so einfach ist, würde ich bezweifeln, mir wäre es auf alle Fälle lieber, wir würden eine Stunde eher gehen, denn ich bin keine geübte Bergsteigerin.« Er verneigte sich dann leicht, genau wie der Wenzel, und meinte, daß wir selbstverständlich eine Stunde eher gehen könnten, und er freue sich, wenn er mir einen Wunsch erfüllen kann.

»Danke, dann bin ich schon beruhigt, dann kann ja nichts mehr schiefgehen.«

Danach erklärte er uns auch noch, daß wir uns erst morgen Abend wieder zum Abendessen sehen würden. Wir könnten ja einen Bergspaziergang machen, oder in der Sonne liegen, die jetzt im Herbst ausnahmsweise noch angenehm warm ist. Wenn wir Hunger hätten, sollten wir uns an Rita wenden.

Die Flasche Wein war leer. Ich mußte zu meiner Schande gestehen, das meiste habe ich getrunken, ich hatte aber wieder mein Gefühl, wie ausgedörrt zu sein.

Nachdem wir uns gute Nacht gewünscht hatten, verließen wir das Wohnzimmer und kehrten in unser Zimmer zurück. Wir lagen schon im Bett, dann meinte ich zu Robert: »Ich kann mir nicht helfen, aber ich hätte mir eigentlich einen wärmeren Empfang vorgestellt. Es waren alle etwas reserviert, trotz der Freundlichkeit. Dich kennt man doch, dann hätten sie doch mehr Vertrauen zu uns haben können.«

»Ich denke«, meinte Robert lachend, »er glaubt überhaupt keinem mehr, wenn seine Familie schon nicht an ihn glaubte, wie soll er annehmen, daß wir ihm glauben? Aber das wird sich hoffentlich morgen alles ändern. Wir sollten nun versuchen zu schlafen, also gute Nacht, mein Liebes, versuche etwas Schönes zu träumen.«

Träumen werde ich bestimmt, aber in letzter Zeit geistern nur Alpträume durch meine Nächte. Die Gedanken, die ich am Tage zu verdrängen suchte, kehrten in meinen Träumen wieder zurück.

Kapitel 4

Wunschgemäß gingen wir dann am nächsten Abend, mit festen Schuhen, um 21.00 Uhr unserem Ziel entgegen. Die erste halbe Stunde kam einem Abendspaziergang gleich. Der Weg war breit, außerdem war er vom Vollmond hell beleuchtet und man konnte nur eine leichte Steigung bemerken. Wir gingen schweigend. Martins Vater voraus, dann kam ich, und als letzter Robert. In der Mitte fühlte ich mich etwas sicherer. Ich bin nicht gerade überängstlich und springe nicht vor jeder Maus an die Decke, aber sehr mutig bin auch nicht. Ich mußte mir eingestehen, daß mir nicht ganz wohl in meiner Haut war.

Bei jedem Geräusch, war es ein Vogel, der sich im Baum bewegte, oder es knackte ein Ast, auf den wir getreten sind, erschrak ich dabei immer wieder. Die Stille, die ich zuerst als angenehm empfunden hatte, kam mir später doch unheimlich vor.

Mir gingen die ungeheuerlichsten Gedanken durch den Kopf. Wenn es nun doch kein Sender ist? Es könnte ja eine Bombe sein? Oder ein mit Gas gefüllter Behälter? Vielleicht ist es ein ›Faxorer‹, der einen Körper für sein Gehirn sucht? So etwas wie der Geist in der Flasche?

Langsam steigerte ich mich in eine Angstpsychose. Ich bekam eiskalte Hände, ich fror, aber trotzdem spürte ich, wie der Schweiß sich über meinen Rücken ausbreitete. In meinen Waden spürte ich einen ziehenden Schmerz, wahrscheinlich der Beginn eines Muskelkrampfes. In einem Gruselroman würde jetzt für meinen Zustand stehen: »Das Blut gefror ihr in den Adern.« Bei mir wird das Blut zwar nicht gefrieren, aber vor Angst könnte es erstarren.

Martins Vater, ging immer im gleichen Tempo mit elastischen Schritten bergauf. Dabei hatte er den Rucksack umgeschnallt. Das Angebot von Robert, er würde ihn tragen, hatte er brüsk abgelehnt. Von Zeit zu Zeit blickte er zurück, um sicher zu gehen, daß wir ihm noch folgten. Diesmal blieb er stehen und wartete auf uns und meinte: »Nun haben wir es bald geschafft, höchstens noch 20 Minuten, allerdings das letzte Stück ist etwas steil. Wir können uns dabei Zeit lassen, wir werden frühzeitig oben sein.«

Nach diesen Worten drehte er sich um und ging weiter.

Robert, der direkt hinter mir stand, legte den Arm um mich, lächelte mir aufmunternd zu und fragte: »Wirst du es noch schaffen?«

»Ich werde wohl müssen, nun sind wir bis hierher gekommen,

dann gehen wir auch weiter. Umkehren würde jetzt nichts mehr nützen.«

Dann brauchte ich meine ganze Energie, den wirklich steilen Aufstieg zu bewältigen. Das Atmen fiel mir immer schwerer. Aber plötzlich, wie auf höheren Befehl, fiel die Angst von mir ab, ich hatte das Gefühl, als wüde ein Schleier von mir entfernt. Meine Sinne nahmen nun bewußt die Schönheit der Natur wahr. Das Gras auf den Hängen konnte man mit blaugrünem Samt vergleichen. Die Berge erhoben sich majestätisch, eingetaucht in das milde Licht des Mondes, als könnte sie kein Sturm der Zeit angreifen. Unwillkürlich mußte ich an Sizilien denken, genau die gleiche Stimmung, bevor der Ätna explodierte. Was wird diesmal geschehen? Auch diesmal ist der Mond im Spiel. Ob es doch stimmt, daß die ›Faxorer‹ dort eine Station haben?

Als wir endlich an unserem Ziel angekommen waren, legte Martins Vater seinen Rucksack auf einen Stein. Dabei gab er uns zu verstehen, daß wir uns setzten sollten um uns etwas auszuruhen. Ich wollte mich noch nicht setzen, ich mußte erst meinen Atem beruhigen. Außerdem war ich in Schweiß gebadet, meine Bluse unter der Jacke klebte am Körper, meine Haare waren feucht. Nun ärgerte ich mich, daß ich nicht mehr Kondition besitze. Robert war auch etwas außer Atem, nur Martins Vater schien noch voller Kraft zu sein. Sein Atem ging keinen Atemzug schneller. Was sind wir doch für eine verweichlichte Klasse? Vielleicht gehören wir doch durch etwas Stabileres ausgetauscht. Aber nicht nur unsere Körper, sondern auch unsere Gehirne.

Martins Vater störte dann meine Gedanken und meinte: »Jeder von uns wird ein Stück der Landschaft im Auge behalten, so können wir das Aufblitzen des Gegenstandes nicht übersehen.«

Als wir uns dann doch setzten, starrte jeder in seine zu beobachtende Richtung. Ich sah alles und nichts. Der Mond, verglichen mit einem rot beleuchtetem Lampion, in den man laienhaft ein Gesicht geschnitten hatte, stand fast über uns. Die Sterne waren unwahrscheinlich klar und leuchtend. Hier konnte der Großstadtsmog noch keinen geschwärzten Filter vor das Firmament schieben.

Der Wunsch, für Minuten die Augen zu schließen, wurde bei mir immer fordernder. Ein unsichtbarer Nebel umwallte mich. Ich spürte es fast schmerzhaft und dabei doch befreiend, der Mond verwandelte sein kaltes Licht in wärmende Stahlen, die in mich drangen, mich dabei angenehm und wohlig entspannten. Meine Pupillen schienen sich zu vergrößern, sie zoomten die Berge dicht an mich heran, dann entfernten sie sich wieder und schienen ineinander zu fließen.

Erst als Robert dann aufgeregt aufsprang und rief: »Seht dort drüben, da müßte es sein, ich habe es deutlich blitzen sehen«, kehrte ich schuldbewußt wieder in das Geschehen zurück.

Hatte ich die Augen wirklich geschlossen? Wenn ja, dann hätte ich unserem Auftrag schlecht gedient. Zum Überlegen war dann aber keine Zeit mehr, denn wir stürmten einfach hinter Robert her, der dann auch als erster den Gegenstand entdeckte. Es war eine längliche Hülse, die nur zu einem Drittel in einer Felsspalte steckte. Die Männer in ihrer Aufregung befahlen mir, daß ich bei der Kapsel bleiben sollte, Robert wollte den Fotoapparat holen und Martins Vater seinen Rucksack.

In der Zwischenzeit beobachtete ich die Kapsel genauer und nahm dabei meine Taschenlampe, die ich in meiner Jackentasche hatte, zu Hilfe. Die Kapsel war schätzungsweise zwanzig Zentimeter lang. Hatte einen Durchmesser von acht bis zehn Zentimeter. Sie bestand aus einem sehr hellen, fast weißem Metall. Die Oberseite war etwas gewölbt und sah für mich wie Glas aus. Die Wölbung war mit Linien in acht Teile geteilt. In den einzelnen Teilungen waren Punkte und Striche angebracht. Nach der Rückkehr von den beiden machte ich sie auf meine Entdeckung aufmerksam. Martins Vater meinte, daß das wahrscheinlich ihre Sende- und Empfangscode wären. Dabei packte er Hammer und Meißel aus, er wollte damit den Spalt verbreitern. Robert wollte aber zuvor noch ein Bild von der Kapsel machen. Lachend meint dann Martins Vater, daß er sich das sparen könnte, das Material der Kapsel ist nicht von unserer Erde und ist daher mit seinem Apparat nicht aufnehmbar. Aber wenn er möchte, könnte er ja von uns ein Bild machen mit der lustigen Überschrift:

»Wanderer beim Mondschein in den Bergen.« Das Bild ist allerdings auch nicht gelungen, wegen Unterbelichtung einfach schwarz geworden.

Robert fragte dann Martins Vater, was ich auch schon lange dachte, ob wir uns auch korrekt verhielten, wenn wir die Kapsel einfach verschwinden ließen.

Wir hätten sie zwar gefunden, aber sind wir nicht verpflichtet, die Polizei oder eine höhere Behörde zu unterrichten? Damit sie informiert sind und sich damit befassen könnten?

Er aber schüttelte nur den Kopf, setzte den Meißel an und mit ein paar kräftigen Schlägen, das Gestein mußte schon locker gewesen sein, hatte sich die Öffnung vergrößert. Schwupps, war der Sender, oder was es auch sonst sein mochte, verschwunden. Wir schauten etwas verdutzt, Martins Vater andächtig, dem verschwundenen Gegenstand nach. Mich hätte es nicht gewundert, wenn er dazu ›Amen‹ gemurmelt hätte. Sein Kommentar war dann auch kurz: »Auftrag ausgeführt, wir können wieder gehen.«

Er schnallte sich seinen Rucksack um und ging los. Uns blieb nichts anderes übrig, als ihm zu folgen. Der Abstieg ging etwas schneller, nur meine Wadenmuskeln wollten die Prozedur nicht schmerzlos hinnehmen.

Wieder im Haus angekommen, dirigierte uns der Hausherr auf die Eckbank. Stellte drei Gläser, ein Flasche ohne Etikett dazu und meinte, es sei ein ›Selbstgebrannter‹, zwar nicht von ihm, aber er wird uns wieder aufmuntern. Dann erhob er das Glas mit den Worten: »Auf unser Unternehmen und auf eure Hilfe, prost.«

Wenn das Blut in meinen Adern immer noch gefroren wäre nach diesem Glas, wäre das Eis zu heißer Lava geworden. Aber es tat gut, die Wärme des Alkohols zu spüren und wie sich das Blut pochend durch die Adern wälzte. Die Herren genehmigten sich dann noch ein Glas. Danach lehnte sich Martins Vater bequem auf seinem Stuhl zurück, als wollte er demonstrieren, fragt nun endlich, was wollt ihr alles wissen?

Eigentlich wollte ich soviel wissen, daß ich nicht wußte wo ich anfangen sollte. Ich rückte dann etwas näher an ihn heran und begann mit meinen Fragen.

»Lieber Bauervater, nun sag uns ehrlich, was wollen die ›Faxorer‹ tun, um unsere ramponierte Erde wieder zu regenerieren, oder zumindest den schnellen Zerfall, oder die totale Zerstörung zu stoppen. Oder sollte ich lieber fragen, was können sie überhaupt tun?«

Nun senkte er seinen Blick und starrte auf die Tischfläche, als hätte ich ihn gefragt, was er davon hält, jede Nacht ein Sexerlebnis zu haben. Schweigend griff er dann zur Flasche und schenkte noch einmal ein, mit der Bemerkung, daß wir bestimmt noch ein Stamperl vertragen könnten.

Dann fing er zum Reden an, man spürte, er war glücklich, endlich über sein Wissen, das ihm seine Stimme vermittelt, sprechen zu können.

»Die ganze Geschichte der ›Faxorer‹ ist bis jetzt noch ein Irrgarten, ein unvollkommenes und schemenhaftes Bild. Die vielen Mosaiksteinchen müssen erst zusammengesetzt werden. Das wird nicht immer leicht sein, denn bis jetzt sind nur ihre Stimmen auf der ganzen Erde verteilt. Von ihnen selbst ist mir bis jetzt noch nichts bekannt, das heißt, sie haben darüber nicht mit mir gesprochen. Deshalb können sie selbst noch nicht eingreifen. Sie müssen sich erst gegenständlich machen, denn nur mit Gehirn kann man bei uns auf der Erde nichts erreichen. Bei uns braucht man immer noch Ellenbogen, um zu leben. Sie können daher nur warnen und uns unsere mißliche Lage vor Augen halten. Aber leider haben wir bis jetzt noch nicht viel gelernt und auch nichts begriffen. Selbst Unwetter, Sintflut, Bergrutsche, Trockenheit, Waldbrände sowie die Pest (die sie uns an den Hals hetzten), ließen uns kalt. Es ist für uns wie Fernsehen, hinschauen, ausschalten und vergessen. In der nächsten Zeit sollten allerdings die Warnungen stärkere Ausmaße annehmen. Dann werden allerdings Menschenleben und auch Sachschäden nicht mehr zu vermeiden sein. Aber sehr viel Nachhilfe brauchen wir von den ›Faxorer‹ so nicht mehr, unsere Umweltsünden machen sich sowieso bald von alleine bemerkbar. Sie brauchen nur zu warten, dann fällt ihnen die Erde wie ein fauler Apfel in den Schoß. Es stellt sich dann nur die Frage, ob sie dann damit noch etwas anfangen könnten. Die einzige Hoffnung der ›Faxorer‹ ist, daß wir endlich zur Vernunft kommen. Daß endlich jemand den Mut hat, klare Entscheidungen zu treffen. Selbst auf die Gefahr hin, daß dann vielleicht keine Millionengewinne mehr gemacht werden können. Wir müßten endlich das tun, wovon immer geredet und geschrieben wird, aber niemals zur Anwendung kommt. Aber was rede ich überhaupt, wir wissen doch alle, was zu tun wäre! Manchmal kann man es nicht glauben, jeder sieht, daß wir in einer Katastrophe enden werden. Doch jeder schließt die Augen davor und hofft, daß er nicht dabei ist. Dann bräuchte er auch nichts dagegen zu tun, nach dem Spruch. ›Erst nach mir die Sintflut‹. Übrigens die nächste große Sintflut wird Hongkong heimsuchen. Daran sind allerdings die ›Faxorer‹ nur etwas beteiligt. Es ist der Preis für unsere eigene Verantwortungslosigkeit und sie brauchen nur etwas nachhelfen.«

In der Zwischenzeit war es bereits spät geworden. Martins Vater schien keinen Schlaf zu brauchen, er war noch sehr munter, was ich von mir nicht behaupten konnte. Ich wäre schon am liebsten im Bett gelegen. Aber manchmal denken Frauen, und Männer handeln dann. Sie waren sich einig, daß sie für ihren Durst unbedingt noch ein Bier bräuchten. Der erste Schluck war dann auch ein Genuß. Wie recht doch manchmal Männer haben.

Danach meinte Martins Vater, daß er noch zu einem persönlichen Thema kommen möchte.

»Ihr habt euch bestimmt schon Gedanken gemacht, warum Martin mich nicht begleitet hatte? Aber der arme Junge steckt in einer schweren Krise und braucht alle Kraft, damit fertig zu werden. Ich glaube, es wird ihm nichts ausmachen, wenn ich euch ins Vertrauen ziehe. Oder hat er euch schon alles erzählt? Ich kann mir vorstellen, es würde ihm gut tun, wenn er mit dir, als alter Freund, darüber reden könnte. Den Eltern traut man oft nicht mehr das nötige Verständnis zu. Aber wir haben auch unsere Fehler gemacht und dadurch Erfahrungen gesammelt. Martin weiß allerdings nicht, daß ich von seinen

Nöten weiß. Martin bedrückt es schwer, seiner Frau soviel Leid zufügen zu müssen. Es ist natürlich sehr schwer, ihm zu helfen. Es ist sein Leben, das er leben muß. Auf der einen Seite tut mir Karin leid. Sie ist eine wunderbare Frau, sie hat viele Jahre ihres Lebens Martin gegeben. Daß sie nun allein dasteht, ist sehr schwer für sie. Ihr kennt ja selbst den Schmerz zur Genüge. So wie mir Martin erzählte, hat jeder von euch schon seinen Partner verloren. Das Schlimme an der Geschichte ist, daß diese Frau Martin kein Glück bringen wird. Ich weiß es, kann aber nicht in seinen Lebenslauf eingreifen. Jeder muß seinen vorgezeichneten Weg gehen, ob er gut oder schlecht ist.«

Wir erzählten ihm dann, daß Martin mit uns über seine neue Liebe gesprochen hätte, und daß auch wir der Meinung wären, es ist alleine seine Entscheidung, die er treffen müßte.

Nun doch etwas erschöpft, stützte er seinen Kopf mit den Händen ab und meinte: »Oh, es ist aber nun spät geworden, ich denke, wir werden nun schlafen gehen. Wir sehen uns dann morgen beim Frühstück.« Danach erhob er sich, wünschte uns eine gute Nacht. Als er den Raum verließ, war sein Schritt nicht mehr so elastisch und voller Schwung, als vor Stunden noch.

Auch wir suchten unser Zimmer auf. Erst als ich im Bett lag, spürte ich die Müdigkeit nicht nur im Hirn, sondern auch in allen Knochen. Als mich Robert küßte, meinte ich schon halb schlafend: »Die ›Faxorer‹ halten uns ganz schön in Trab, sogar unser Liebesleben muß darunter leiden. Jetzt wäre ich auch für die schönste Liebesstunde nicht mehr fähig.«

Zum Frühstück kamen wir natürlich zu spät. Martins Vater wartete trotzdem auf uns, um sich zu verabschieden, dabei meinte er, daß er unsere Telefonnummer hätte und wenn sich Neues ergebe, würde er sich bei uns melden.

Als er mir die Hand gab, hielt er sie lange fest, dann gab er mir einen Handkuß. Ich war so überrascht, daß ich rot wurde. Dabei dachte ich mir, die ›Faxorer‹ verleihen ihre Stimme nur an bis jetzt ältere, charmante Herren. Dann sah er mich wieder mit seinem eigenartigen Blick an, bis dann ein Lächeln sein Gesicht erhellte und mich fragte: »Ich hoffe, daß ich bald deine Aufzeichnungen zu sehen bekomme, vielleicht müssen wir dann einiges ergänzen. Man muß die Menschen immer wieder mit Tatsachen konfrontieren. Robert umarmte er und hielt ihn für Sekunden fest, mit den Worten: »Also, dann bis bald.«

Das ›bis bald‹, echote in meinem Unterbewußtsein nach, soll das heißen, daß die ›Faxorer‹ bald wieder von sich hören lassen?

Bei dem nun fast Mittagsfrühstück, leistete uns Martins Mutter Gesellschaft. Zuerst unterhielten wir uns über ihre Pension. Dann entstand eine etwas gespannte Gesprächspause. Ich spürte es fast körperlich, sie wollte mit uns über ihren Mann sprechen, wußte aber nicht, wie sie das Gespräch darauf bringen sollte. Ich versuchte ihr nun entgegenzukommen und meinte lächelnd: »Ich muß es nun sagen, Ihr Mann hat das heute Nacht einzigartig geschafft. Ich gestehe, ich mußte mich ranhalten, bei seinem Tempo Schritt zu halten. Außerdem hatte er die ganze Aktion mit einem Hammerschlag gelöst.«

Jetzt endlich wagte sie uns zu fragen, ob wir glauben würden, daß es die Stimme wirklich gibt und ihr Mann es sich nicht nur einbildet.

Nun legte Robert den Arm um sie und meinte: »Liebe Frau Bauer, Ihr Mann hat Ihnen bestimmt erzählt, was wir auf Sizilien erlebt haben. Dazu die Aktion von heute Nacht, da muß man ja überzeugt sein, daß die Stimmen existieren. Allerdings wird das sehr schwer werden, das unseren Zeitgenossen verständlich zu machen. Es ist alles so unglaublich, daß man es einfach nicht wahrhaben will.«

Nach einem, jetzt herzlicheren Abschied, fuhren wir durch die herbstliche Landschaft nach München zurück. Wir waren von der Farbenpracht des abschiednehmenden Sommers begeistert. Die Sonne beleuchtete die bunt beblätterten Bäume. Licht und Schatten spielten Ringelreien. Vielleicht merkt die Natur, daß ihr nicht mehr viel Zeit zum Leben bleibt und Todesängste ihr die Kraft geben, ihre Schönheit verschwenderisch und üppig zur Schau zu stellen.

Was dann in den Wochen danach geschah, konnte man mit vielen Worten erklären, oder man konnte alles, kurz und gestrafft, wiedergeben.

Eine Woche nach unserer nächtlichen Bergtour, sprengten riesige Schlagzeilen in den Zeitungen den Rahmen.

»Unbekannte Signale von Satelliten aufgefangen!«

»Werden wir von einer Großmacht überwacht? Überwachen wir uns selber? Oder sind es Signale von anderen Planeten?«

Es wurden dann wochenlang Vermutungen aufgestellt. Sekten bildeten sich, die den Weltuntergang voraussagten. Berichte über Ufos wurden aus den Archiven ausgegraben und wieder veröffentlicht. Aber mit den Signalen konnte keiner auf der Erde etwas anfangen und wurden daher auch nicht mehr überwacht.

Aber auch dieses Thema erschöpfte sich wieder, die Zeitungen brauchten nicht einmal nach neuen Schlagzeilen zu suchen, denn auf unserem Planeten rumorte und brodelte es immer öfter und stärker. Die Warnungen der ›Faxorer‹ wurden immer massiver. Stürme, starke Unwetter, Hochwasser und Dürre wechselten sich ab. Immer stärker werdende Erdbeben, nicht mehr kontrollierbare Temperaturschwankungen ließen die Menschen erkranken. Schon längst vergessene Seuchen brachen aus. Tausende von Menschen starben an unbekannten Viren.

Es schien, als ob die Erde sich wehrt und aufbäumt und die Fesseln der Menschheit abschütteln möchte. Öl- und schmutzverseuchte Meere, kloakenartiges Flußwasser, Atomversuche, Ozonlöcher und Luftsmog nehmen ihr immer mehr die Luft zum Atmen.

Wie lange kann und wird sie noch duldsam alles hinnehmen können? Wann werden die Grenzen überschritten sein? Wann wird der große Knall alles zerstören?

Es wird wohl keiner wissen, vielleicht macht uns unsere Intelligenz blind und unwissend oder wir sind von ihr so vernebelt, daß wir nicht mehr klar sehen können? Vielleicht ist es gut, daß wir nicht alles wissen und daher alles hinnehmen müssen, was für uns bestimmt ist.

Dritter Teil

Vereinigung

Kapitel 1

»Hallo, Liebes, ich habe mich verspätet, aber Martin hatte noch angerufen, kurz bevor ich gehen wollte. Zuerst konnte er sich nicht über die Hitze beruhigen. Dann zählte er alle auf, von denen er Grüße ausrichten solle. Erst dann kam er zur Sache. Kurzer Sinn einer langen Rede, er möchte sich mit uns treffen. Er ist der Meinung, wir wären wohl die Einzigen, die ihn verstehen würden, was ihn bedrückt. Außerdem würde es mit den ›Faxorern‹ zusammenhängen und dieses Wochenende hätte er keinen Dienst in der Klinik. Dann solle ich dir ausrichten, daß er gerne wieder einen selbstgebackenen Leberkäse essen würde. Er meinte damit, daß er am liebsten bei uns vorbeikommen würde. Ich habe ihm dann versprochen, wenn er am Samstag kommt, würde er seinen Leberkäse bekommen. Ich hoffe, es ist dir recht?«

»Aber selbstverständlich, ich freue mich, wenn er uns besucht. Ich habe schon seit langem ein ungutes Gefühl, denn wir haben schon seit Wochen nichts mehr von seinem Vater gehört. Dachte ich mir es doch, daß bestimmt etwas hinter dem Busch steckt. Außerdem ist es besser, wenn wir hier sind, dann können wir uns wenigstens ungestört unterhalten. Wenn es dann, was wahrscheinlich sein wird, die Unterhaltung sich länger hinzieht, dann wird er ja sowieso bei uns übernachten. Leberkäsessen ist eine gute Idee, das haben wir auch schon lange nicht mehr gemacht. Hoffentlich ist der Metzger noch auf Draht und hat seine Rezepte nicht verschlechtert. Habt ihr schon eine Zeit ausgemacht?«

»Ja, ich meinte, wenn es bei ihm möglich ist, dann sollte er so um 17.00 Uhr bei uns sein. Übrigens, Karin ist immer noch in Singapur. Ich würde ihr wünschen, wenn auch sie dort Anschluß finden könnte.«

Je näher der Samstag rückte, desto unruhiger wurde ich. Wie sagte der Wenzel damals, wir wären sehr feinfühlig und hätten einen guten Draht, das Ungewöhnliche zu erfassen. Bis jetzt hatte sich meine Feinfühligkeit immer bemerkbar gemacht, wenn etwas Unangenehmes auf uns zukam. Ich spürte, Martins Besuch würde kein Gesellschaftliches Ereignis sein, sondern eine unangenehme Sache werden. Immer wieder fragte ich mich, warum gerade wir, warum müssen wir gerade in den Reigen einbezogen werden? Aber man kann seinem Schicksal nicht entgehen. Doch wer ist eigentlich für das Schicksal zuständig? Unser Verstand, unser Gefühl, oder doch welche von einem anderen Stern?

Samstag: Die Vorbereitungen für unser Leberkäsessen holten mich für einige Zeit auf die Erde zurück, so blieb mir keine Zeit, mich mit Gedankenakrobatik zu befassen.

Als es dann klingelte und Martin vor mir stand, erschrak ich doch. Ich bin ihm zwar nicht oft begegnet, aber er hatte sich sehr verändert. Seine unbekümmerte jungenhafte Ausstrahlung war verschwunden, er wirkte nervös und unsicher.

Diesen Eindruck konnte selbst der wunderbare Blumenstrauß, den er mir mitbrachte und vor sich hielt, nicht verdecken. Etwas erstaunt meinte er dann, wie er sehen kann, wäre Robert doch noch zu mir gezogen, weil jetzt beide Namen an dem Türschild stehen, er hätte das nicht mitbekommen. Ich erklärte ihm dann, daß er es ja nicht wissen könnte, es ist ja noch nicht sehr lange her, aber ich habe eingesehen, daß wir doch für immer zusammen bleiben würden, daher zog

Robert zu mir, denn meine Wohnung war ja die größere. Lachend bat ich ihn dann, daß er doch hereinkommen sollte, drinnen ist es gemütlicher als unter der Tür.

Der Leberkäse war ein voller Erfolg, der Metzger hatte sein Rezept nicht geändert. Daher war unser Gespräch locker und zwanglos, wir sprachen über Nichtigkeiten und Tagesgeschehnisse. Während meiner Abräumarbeit kamen bei den beiden wieder Jugenderinnerungen zur Sprache.

Als ich mich dann zu ihnen setzte, hörte ich zuerst noch schweigend zu. Bei einer längeren Gesprächspause wagte ich dann den Sprung ins kalte Wasser. Ich fragte Martin, wie es seinen Eltern ginge. Außerdem hätte ich ein schlechtes Gewissen, ich hätte auch nichts mehr von mir hören lassen. Martin meinte dann, daß ich entschuldigen sollte, aber er solle selbstverständlich viele Grüße von allen ausrichten, es gehe ihnen den Zeiten entsprechend gut. Die Urlaubszeit hätte ja schon begonnen, die Gäste seien bereits zahlreich eingetroffen. Sinnend fügte er noch hinzu, daß es schon fast ein Jahr her wäre, daß er Robert wieder getroffen hätte und was sich in der Zeit alles verändert hätte. Außerdem glaubte er, daß es an der Zeit sei, uns zu erzählen, warum er gekommen ist.

»Ich bin hier, um mit euch über das Drama, über das wir uns nicht einig sind, ob es schon eines ist, oder ob es erst eines werden wird, sprechen möchte. Ich weiß nur nicht, wo ich anfangen soll. Es gibt einige Neuigkeiten von den ›Faxorern‹. Aber bis jetzt ist noch überhaupt nichts erwiesen, zumindest nicht vom ärztlichen Standpunkt aus. Allerdings mein Vater ist vollkommen sicher, daß die Vorgänge auf unserem Planeten seine Richtigkeit haben. Aber ich bin immer noch skeptisch, obwohl ich langsam die Stimme akzeptieren sollte, kann ich es einfach immer noch nicht endgültig glauben, daß wir fremden Mächten ausgeliefert sind. Ehrlich, habt ihr nicht doch auch manchmal noch Zweifel an der Stimme?«

Robert meine daraufhin: »Ich habe schon einmal darauf geantwortet, ja und nein. Die Tatsachen sagen ja, aber mein Verstand sagt nein.

Normal ist es das Privileg der Frauen, daß sie oft Tatsachen nicht akzeptieren wollen, sondern sich mehr auf ihre Gefühle verlassen. Diesmal ist es eben ein Mann, der die Tatsachen nicht glauben will, aber wahrscheinlich doch einmal glauben muß.«

Diesmal enthielt ich mich der Stimme, ich wollte es mir ja selbst niemals eingestehen, daß ich doch an die ›Faxorer‹ glaube und daß mein Gefühl mir sagt, daß wir nicht mehr alleine auf der Erde sind.

Das Bier im Glas der Männer mußte schon kochen, mein Mineralwasser schmeckte mir auch nicht mehr. Ich machte darum den Vorschlag, daß es doch besser wäre, wenn wir eine Flasche Sekt aufmachen würden. Sie waren auch dafür, am meisten ich selbst.

Ich war schon wieder wie ausgedörrt. Als Robert mit der Flasche und ich mit den Gläsern wieder ins Zimmer kamen, saß Martin wie ein Häufchen Elend im Sessel. Er tat mir richtig leid, das Gespräch muß für ihn eine Strapaze werden.

Nachdem wir unsere Nervosität mit einem Schluck Sekt zu unterdrücken versuchten, erzählte Martin weiter.

»Es fing eigentlich alles ganz normal an, ich operierte einem 45-jährigen Mann den Blinddarm heraus. Als er zur Nachuntersuchung kam, meinte er, daß die Operation bei ihm einiges wieder ins Lot gebracht hätte. Seine Frau und er hätten nun wieder ein sehr intensives Sexleben, darüber wären sie sehr glücklich. Ich konnte mir zwar nicht vorstellen, was das mit der Operation zu tun hätte, aber wenn er es glaubte, warum nicht. Ich klopfte ihm auf die Schulter und sagte ihm, daß ich das sehr schön finden würde und ihm daher weiterhin alles Gute wünschen möchte. In der darauffolgenden Zeit kamen immer mehr Patienten zu uns, Frauen und auch Männer, die sich sterilisieren lassen wollten. Sie alle hatten die gleiche Begründung. Sie führen mit ihrer Frau oder Mann ein sehr reges und befriedigendes Sexleben und sie möchten nicht riskieren, dabei noch Kinder zu bekommen. Entweder waren sie schön älter oder hatten schon Kinder. Damals fand ich das immer noch normal. Aber irgendwann kam mir der Gedanke, daß es doch kein Zufall sein könne, daß sich immer mehr Menschen sterilisieren lassen wollten. Ich treffe mich manchmal mit meinem Studienkollegen, er ist Frauenarzt. Als ich ihm von meinen sexbegeisterten Patienten erzählte, meinte er, daß das nicht so ausgefallen wäre, wie ich denke. Seine Patientenzahl hätte sich in diesem Jahr auch verdoppelt, den meisten der Patientinnen sollte er nur die Pille verschreiben. Manche wollten auch wissen, ob es gesundheitsschädlich wäre, wenn sie zwei- bis dreimal in der Woche Sex hätten. Am meisten aber verblüffte ihn eine langjährige Patientin. Er hatte ihr zur Erleichterung des Klimakteriums Tabletten verschrieben. Nun kam sie in die Praxis und bedankte sich überschwenglich für die Tabletten, sie wäre jetzt wieder eine richtige Frau geworden. Ihr Liebesleben sei wieder aufregend und frisch wie in den ersten Jahren ihrer Ehe. Sie erlebe jedesmal einen Orgasmus, daß sie glaube, abheben zu müssen. Wir besprachen das extreme Sexualverhalten der Patienten immer wieder ausgiebig, aber wir konnten die Patienten einfach nirgends einordnen. Vielleicht war es früher auch schon so, nur wurde darüber nicht gesprochen.

Anfang dieses Jahres war dann plötzlich auch in den Fachzeitschriften das Thema Sexualität an der Tagesordnung. Aber es war immer die gleiche Version. Die Menschen legen wieder mehr Wert auf menschliche Beziehungen. Liebe wird wieder groß geschrieben, es ist vielen wichtiger, als Fernsehen oder sportliche Aktivitäten. Andere Blätter meinten, der Urtrieb des Menschen ist wieder ausgebrochen, das heißt Essen, Trinken und Liebe. Forscher glaubten zu wissen, daß die Aufheizung unserer Atmosphäre schuld daran sei, daß die Menschen die Sexualität immer mehr in den Vorgrund stellen. Das Eigenartige dabei aber ist, daß trotz aufkommender Liebesbereitschaft die Geburtenrate nicht gestiegen ist, aber in unserer Zeit kann man sich ja davor schützen. Komisch, sehr komisch die ganze Geschichte. Was für ein Grund, was für eine Macht steht hinter den Vorkommnissen, damals wußten wir es nicht. Dann beruhigte sich die Sexualität wieder, es gab bessere Schlagzeilen in unseren Blättern, die wichtiger waren als die Liebesbeziehung der Menschheit.

Dann kam der Knaller, nur wußte damals keiner, daß es einer war. Als mein damaliger Patient, dem ich den Blinddarm entfernte, von seinem Hausarzt eingeliefert wurde, er hatte seit Tagen Leibschmerzen, Kopfschmerzen und Schwindelanfälle. Sein Arzt dachte, daß es vielleicht mit der damaligen Operation zusammenhinge. Deshalb hatte er ihn an uns überwiesen. Wir untersuchten ihn gründlich, es wurden sämtliche Tests gemacht, die in diesem Falle nötig waren. Aber wir konnten keine organischen Veränderungen feststellen. Der Kreislauf und das EKG waren bestens. Nach dem zweiten Tag fiel er ins Koma und am dritten Tag starb er. Wir waren machtlos, wir wußten nicht, was wir machen hätten sollen, wir wußten nicht einmal, woran er gestorben ist. Seine Frau aber wollte es zum Glück genau wissen, wir konnten ihn daher in die Gerichtsmedizin zur Klärung der Todesursache geben. Was uns dann schriftlich auf den Tisch gelegt wurde, war unglaublich, absurd und wie wir damals glaubten, unmöglich. Aber die Ärzte hatten sich nicht geirrt. Er starb, weil alle seine Gehirnzellen abgestorben waren, besser gesagt, ausgetrocknet. Es war, als ob ein Vampir anstatt Blut das Gehirn ausgesaugt hätte. Was allerdings auch bei der ›Rasmussens-Enzephalitis‹ der Fall ist, denn auch da sterben die Gehirnzellen ab. Für uns war es der erste Fall, aber danach wurden wir doch hellhörig und befaßten uns näher damit. Wir hörten uns in anderen Kliniken um, ob dort schon solche Fälle bekannt waren, aber keiner konnte oder wollte etwas wissen. Mir kam dann unser ehemaliger Nachbar in den Sinn, der war doch bei der Kriminalpolizei, ist zwar schon im Ruhestand, aber ich setzte mich trotzdem mit ihm in Verbindung. Das war eine gute Idee, er mischt nämlich immer noch etwas mit und hatte sich der ungeklärten Todesfälle etwas angenommen. Zuerst wollte er nicht mit der Sprache heraus, aber schließlich bin ich Arzt und er konnte sich auf meine Schweigepflicht verlassen. Ich überzeugte ihn dann auch, daß nur Ärzte und die Polizei dem Phänomen auf den Grund gehen könnten. Wie er mir dann berichtete, war unser Patient nicht der Einzige. Allein in den letzten Wochen waren bereits sechs mysteriöse Todesfälle gemeldet worden und die Dunkelziffer war damals schon nicht mehr nachvollziehbar. Aber wichtig, sehr wichtig, davon durfte ja nichts an die Öffentlichkeit gelangen.«

Nach der nun entstandenen Gesprächspause erhob ich mein Glas und prostete Martin und Robert zu, denn ich spürte, Martin belastete die Aussprache mehr als er wahrscheinlich selber merkte. Es war für ihn bestimmt nicht leicht, das alles zu verkraften. Nach einem kräftigen Schluck sprach er sofort weiter, als wollte er alles so schnell wie möglich hinter sich bringen.

»Wo waren wir stehengeblieben, ach ja. Mir kam die ganze Geschichte doch etwas unglaublich vor, ich wußte, daß ich mit meinem Vater darüber reden mußte. Ich war mir schon fast sicher, daß die Todesserie mit den ›Faxorern‹ zusammenhing. Er ist mir gegenüber nicht gerade sehr mitteilsam, aber diesmal bekam ich eine ausführliche Antwort darauf. Nun werde ich versuchen, so gut es geht, fast wortgetreu wiederzugeben, was mir mein Vater erzählte.

Wie ihr ja von eurem Wenzel erfahren habt, besitzen die ›Faxorer‹ keine sterbliche Hülle. Sie bestehen angeblich nur noch aus Gehirn und Intelligenzmasse. Nun hat sich die Intelligenzmasse etwas sehr Intelligentes einfallen lassen, um sich in uns Menschen integrieren zu können. Sie haben uns ja lange genug gründlich studieren können und sie haben unsere Schwachstellen sehr klug ausgesucht. Sie haben natürlich sofort erkannt, daß jegliches Weiterleben nur durch Kinder gewährleistet ist. Folglich ist die Sexualität bei uns das Wichtigste, ohne Vereinigung keinen Nachwuchs. Ihnen ist es nun gelungen, Teile ihrer Gehirnmasse in Gene umzuwandeln, das vom Menschen aufgenommen werden kann. Es ist sozusagen ein lebendes Virus, das auch noch fähig ist, von einem Menschen auf den nächsten überzuwechseln. Übrigens, die ersten Viren wurden mit einer Kapsel auf unsere Erde transportiert und zwar vom Mond aus. Die Angabe von eurem Wenzel, daß die ›Faxorer‹ dort ihr Depot haben, stimmt genau. Wie lange sie herumgeisterten, ist mir nicht bekannt. Wer die ersten Menschen waren, die infiziert wurden, ist genauso rätselhaft. Als die Kapsel auf der Erde landete, könnten Neugierige sie geöffnet haben, enttäuscht waren, weil ja nichts Sichtbares vorhanden war, sie dann einfach wegwarfen. Somit aber waren die ›Faxorer‹ frei und auf der Erde.

Die Vereinigung von ›Faxorer‹ und Mensch ist sehr raffiniert, oder man kann sie auch sehr einfach nennen. Als sie dann Menschen fanden, die sie aufgenommen hatten, waren sie endlich am Ziel. Das Gen wanderte dann bei der Frau in die Gebärmutter oder in den Hoden des Mannes. Das Gen lebt bei der Frau von dessen Liebesflüssigkeit, die eine Frau bei einem Orgasmus produziert. Beim Mann lebt es von dessen Samen. Wir wissen allerdings nicht, wieviel Samen es dem Mann abnimmt und ob dann die Samenmenge für eine Befruchtung noch ausreicht. Untersuchungen konnten noch nicht vorgenommen werden. Damals wunderten wir uns, warum die Geburtenrate bei der Sexlust nicht gestiegen ist, wahrscheinlich ist das der Grund, und nicht die Verhütungsmittel, wie wir dachten. Dadurch könnte natürlich auch die Vermehrung der Menschheit eingeschränkt werden.

Also, was muß der Eindringling machen, um sich gut ernähren zu können? Er versetzt seine Nahrungsquelle in Erregung und Liebesbereitschaft, damit seine Lebenssäfte ausreichend vorhanden sind. Dem Opfer bleibt nichts anderes übrig, als sich einen Partner zu suchen, der einem, wie man so schön sagt, die Erfüllung schenkt. Wenn natürlich kein Partner vorhanden ist, dann ist das Opfer eben auf Selbstbefriedigung angewiesen, aber dem Gen ist das egal, wichtig ist für ihn der Saft, seine Nahrung. Das ist der Grund, warum die Wissenschaft zu glauben meinte, daß bei den Menschen der Urtrieb wieder ausgebrochen ist. Vielleicht ist es sogar der richtige Ausdruck dafür.

Das Gen bleibt also bis zu seiner Reifezeit an seiner Nahrungsquelle angeschlossen. Erst dann teilt sich das Gen. Ein Drittel des Gens bleibt in dem Genitalbereich und ist nun bereit, sich eine andere Nahrungsquelle zu suchen. Also erst in diesem Stadium kann das Gen beim Geschlechtsverkehr übertragen werden. Selbst wenn das Gen bei einer Selbstbefriedigung herausgeschleudert wird, oder in einem Kondom aufgefangen und weggeworfen wird, bleibt das Gen noch länger lebensfähig, bis es dann doch abstirbt. Es kann dann vom Menschen, durch Nahrung, Wasser, oder wo sich das Gen eben niedergelassen hat, aufgenommen werden. Das ist natürlich seltener der Fall, aber möglich. Die größte Übertragungsgefahr ist und bleibt der Geschlechtsverkehr. Der andere Teil des Gens wandert dann in das Gehirn seiner Ernährer.

Bis dahin ist ja alles noch übersichtlich und begreiflich, aber das dicke Ende kommt erst noch.«

Mein Durstgefühl nahm allmählich schon bedenkliche Formen an. Ich nahm mein Glas in die Hand und forderte die Männer zum Trinken auf. Dann konnte ich einen Lachanfall nicht mehr verhindern, als hätte der Schluck Sekt mein Gleichgewicht erschüttert. Ich lachte, bis mir die Tränen kamen.

Irritiert schauten Robert und Martin auf mich. Robert wollte schon aufstehen, um zu mir zu kommen, vielleicht dachte er, meine Nerven spielten mir einen Streich. Ich konnte ihn dann beruhigen und meinte: »Stellt euch vor, was mir soeben durch den Kopf gespukt ist. Nehmen wir an, ein Inder in einer einsamen Hütte ist mit einem Gen infiziert. Der arme Inder hat aber momentan keine Frau. Er wird aber von seinem Gen zur Sexualität animiert. Was macht er? Er bedient sich selbst. Sein Gen ist gerade reif und will heraus. Sein Erguß klatscht dann an die Wand oder auf den Boden. Nun sitzt der arme ›Faxorer‹ auf dem Trocknen. Dann kommt ein Hund oder eine Eidechse und frißt ihn auf. Was dann? Wird dann das Gen in dem Hund oder in der Eidechse weiterleben? Wird es dann einmal in das Gehirn des Tieres weiterwandern? Gibt es dann einen besonderen intelligenten Hund oder Eidechse?« Eigentlich hatte ich das als guten Witz gedacht, aber keiner lachte. Martin schüttelte dann nur den Kopf.

»Nein, ich glaube nicht, das heißt, ich weiß es nicht, ob das Gen in einem Tier das Gehirn findet, das es braucht. Aber mit einer Verlustrate werden die ›Faxorer‹ auch rechnen müssen und haben es wahrscheinlich auch einkalkuliert. Bei allen Versuchen gibt es Fehlzündungen und Fehler, die zu Verlusten führen. Aber wir wollen nicht hoffen, daß dann bei den Menschen die Verluste am größten sein werden. Nun ist wahrscheinlich den überschlauen ›Faxorern‹, vielleicht gibt es auch dort große und größere Intelligenz, für sie nur ein kleiner Fehler unterlaufen, was für den Menschen allerdings den Tod bedeutet. Als ihr Versuch gelang, ihre Intelligenz in Gene umzuwandeln, um sie in uns zu implantieren, da gab es wahrscheinlich, ich sage wahrscheinlich, verschiedene Typen von ihnen. Gene, die anständig und gewissenhaft ihre Aufgabe übernehmen. Sie leben von der Liebesflüssigkeit der Frau und dem Samen des Mannes, dabei wachsen sie, teilen sich und treten ohne Schwierigkeiten in unser Gehirn ein, das Gen kann sich dann langsam, oder auch sofort, das wissen wir noch nicht, mit unserer Intelligenz verbinden. Das andere Drittel setzt sich ja dann beim Geschlechtsverkehr ab. Ob das Gen auch noch über die Schleimhäute, also bei einem Kuß, oder über Entzündungen und Wunden übertragen werden kann, nehmen wir zwar an, wissen es aber nicht bestimmt, es benützt zwar unsere Blutbahn als Verkehrsmittel, es nimmt aber selbst kein Blut auf. Dann gibt es noch die sogenannten aggressiven Gene, sie sind sehr gefräßig, denen genügen der Samen und die Liebesflüssigkeit nicht, daher brauchen sie andere Nahrungsquellen. Da kommt ihnen das Gehirn recht schmackhaft vor und sie saugen solange daran, bis nichts mehr vorhanden ist. Das ist dann das Ende des Menschen. Es gibt bestimmt auch Menschen, die aus irgendwelchen Gründen sich nicht sexuell stimulieren lassen, daher weder Samen noch Liebesflüssigkeit fabrizieren, aber trotzdem zu einem Gen gekommen sind. Da bleibt dem Gen dann auch nichts anderes übrig, als sich seine Nahrung im Gehirn zu suchen. Aber so richtig kann ich das alles noch nicht akzeptieren, selbst wenn die ›Faxorer‹ das meinem Vater berichteten. Außerdem kann ich mir nicht vorstellen, daß schon so viele Menschen in der kurzen Zeit infiziert sein könnten. Da müßten sie ja auf der ganzen Welt ihre Gene abgeladen haben, dann möchte ich wissen, wie sie die alle anfertigen konnten. Außerdem wissen wir auch nicht, wie ein Mensch dann denkt, mit der neu dazu gekommenen Hirnmasse. Daß mein damaliger Patient nicht daran gestorben ist, weil er zu wenig Samen produzierte, sondern einen aggressiven ›Faxorer‹ erwischt hatte, kann ich jetzt auch nur vermuten.«

Es flimmerte mir bereits vor den Augen, dabei bemerkte ich einen leichten Druck auf der Stirn, das immer ein Zeichen ist von beginnenden Kopfschmerzen. Außerdem schmerzten mich meine Bandscheiben von dem langen Sitzen. Ich erklärte daher den Herren, daß ich jetzt in die Küche gehen werde und einen Imbiß zurecht machen möchte.

Eigentlich wollte ich auch etwas alleine sein, um meine Gedanken wieder einordnen zu können. Daß uns noch einiges bevorstand, das war uns ja klar. Ich wußte auch, daß die ›Faxorer‹ nicht untätig bleiben würden. Sie haben sich schon viel zu lange ruhig verhalten, keine Warnungen mit harmlosen Knallkörpern und keine neuen Menschen mit Stimmen sind uns begegnet. Nur das Aufbäumen unserer geschundenen Erde, die sich immer noch, jetzt immer öfter mit Erdbeben, Vulkanausbrüchen, Stürmen mit sintflutartigen Regenfällen befreien möchte, sind noch an der Tagesordnung. Nur sind diese Ausbrüche wahrscheinlich keine harmlosen Knaller oder Warnungen von den ›Faxorern‹ mehr.

Nach der körperlichen Stärkung, die ich dann zu bieten hatte, konnte der geistige Disput weitergehen. Diesmal waren wir zwar nur Zuhörer, das ist aber genauso anstrengend wie eine Diskussion. Die Häppchen beruhigten daher nicht nur den Magen, sondern auch unser in Anspruch genommenes Gehirn. Frage: Ist es überhaupt noch unser Gehirn?

Robert nahm dann die Unterhaltung wieder auf und fragte Martin. »Das Ganze ist verrückt, das kann doch alles nicht wahr sein. Das kann und wird doch nie jemand glauben. Aber warum sollen sie es auch, sie wissen ja nichts von unserem Wissen über die ›Faxorer‹. Das Schlimmste an der Sache ist, daß man es keinem begreiflich machen kann, weil es eben unglaublich ist. Wir werden also in den Abgrund treiben und keiner wird wissen, warum. Manchmal ist es zum Verzweifeln.«

Bis jetzt hatte ich mich nicht sehr viel an der Unterhaltung beteiligt, aber irgend etwas ging mir unentwegt durch den Kopf, daher versuchte ich es in Worte zu fassen, indem ich meinte: »Ja, du hast recht, das wird uns keiner glauben. Außerdem könnte es ja sein, daß das ganze System, das sich die ›Faxorer‹ ausgedacht haben, nur Schwindel ist? Für meine Begriffe hat das Ganze weder Hand noch Fuß. Es paßt überhaupt nichts zusammen, die Gegensätze sind einfach zu groß. Ich möchte euch nicht zu nahe treten, aber wenn es dort nur männliche Gehirne gibt, dann ist es mit ihrer Logik auch nicht weit her, sonst hätten sie sich ein besseres Märchen ausgedacht. Besteht nicht die Möglichkeit, daß die Geschichte mit dem ›Faxorer-Gen‹ gar nicht stimmt, sie uns nur einen unbekannten Virus geschickt haben, der uns langsam, aber sicher das Lebenslicht ausbläst. Wenn sie ihren Stimmenempfänger auf der ganzen Welt das Märchen erzählen, das dir dein Vater erzählt hat, dann wird die Öffentlichkeit bald davon erfahren. Dann würden sich viele in Panik selbst töten, dann würde es sehr schnell mit uns bergab gehen. Wenn wir dann schon fast am Ende sind, kommen sie mit ihren Blechkisten angebraust, die Spritze mit einem Gegenmittel für ihren Virus in der Tasche und lassen uns nur die eine Alternative. Entweder ihr tut, was wir wollen, oder ihr bekommt das Serum nicht. Was können wir dann tun? Wir werden sie als Erlöser und Retter behandeln und somit gehört ihnen unsere Erde mit allem, was noch darauf lebt. Wenn man den Büchern von Däniken glauben schenken kann, dann spielte sich auf unserer Erde schon einmal eine Invasion ab. Es ist zwar damals gut gegangen, denn sonst wären wir nicht hier, aber was wird diesmal sein? Aber das ist natürlich nur meine Version, vielleicht ist auch nur meine Fantasie etwas mit mir durchgegangen, aber schließlich will ich ja Schriftstellerin werden. Aber sagt ehrlich, könnte das nicht genauso möglich sein?«

Martin und Robert schauten mich nach meinem Vortrag etwas entgeistert an und sie sprachen fast gleichzeitig, als Robert dann lachend Martin das Wort überließ. »Ich muß schon sagen, das hast du sehr gut gebracht, diese Story ist bestimmt gut zu verkaufen, aber sie ist genauso unglaubwürdig, als die von dem ›Faxorer-Gen‹. Wir können daher alles oder nichts glauben, denn am Ende müssen wir abwarten, was sich ergeben wird und müssen es akzeptieren, denn es wird uns nichts anderes übrig bleiben.«

Ich griff dann zu meinem Glas, nahm einen großen Schluck, denn meine Kehle war trocken, erst dann prostete ich den beiden zu, die dann auch ihre Gläser leerten. Martin stützte seinen Kopf in die Hände, als wollte er seine Gedanken festhalten, aber trotzdem froh war, seine Befürchtungen aussprechen zu können.

»Ihr wißt ja selbst, es gibt auf unserer Welt so viele Phänomene, die keine Wissenschaft erfassen oder erklären kann, sie sind einfach da. Es gibt immer noch Krankheiten und es kommen immer wieder neue dazu, die wir nicht einordnen können und daher auch nicht zu heilen sind. Was wissen wir heute, was bei unserer Genmanipulation einmal alles herauskommen wird. Was heute schön und gut scheint, kann in Jahren durch andere Einflüsse, sich zu unserem Nachteil entwickeln. So ähnlich ist es vielleicht auch mit dem ›Faxorern‹, wir wissen es nicht und sie werden es auch noch nicht wissen, wie sich alles entwickeln wird. Vielleicht ist doch in ihrem Gen ein Virus im Spiel und sie wissen es selbst noch nicht, oder sie wissen es und sagen es nicht, weil ihnen ihre Intelligenz über den Kopf, den sie ja nicht haben, gewachsen ist. Man sollte eben der Natur nicht in ihr Handwerk pfuschen, was verdorrt ist, sollte man liegen lassen, irgendwie wird es in anderer Form wieder auferstehen.«

Nachdem momentan keiner mehr etwas zum erörtern hatte, entstand ein zwar nicht unangenehmes Schweigen, sondern die Stille war wie eine Erholung. Ich stand auch schweigend auf, denn ich merkte, daß die Sektflasche leer war, um eine neue zu holen. Robert öffnete sie dann und dabei meinte er: »Ich verstehe auch nicht, wenn die ›Faxorer‹ schön länger ihr Unwesen treiben, müßte man doch schon von mehreren Todesfällen gehört haben?«

»Hat man auch, aber es kommt nie richtig an die Öffentlichkeit. Die Verantwortlichen haben doch Angst vor einer Panik. Außerdem, wen interessiert es schon groß in Europa, wenn im Hinterland von Indien oder China zum Teil ganze Dörfer ausgestorben sind. In unseren

Fachblättern wurden dann zwar immer öfter Artikel über unerklärliche Viruserkrankungen geschrieben. Aber die Wissenschaft arbeitet daran, war meistens der Abschluß des Artikels. Bei uns sind sie alle an Gehirnschlag gestorben, wer konnte das Gegenteil beweisen? Erst als in Amerika und Brasilien die Todesfälle rapider zunahmen, wurde die Öffentlichkeit aufmerksam. Die Medien stürzten sich dann auf die Fälle. Es wurde zum Teil eine wüste Kampagne gegen die Ärzte dort geführt. Es wurde ihnen Unfähigkeit vorgeworfen. Dann wurden die Kliniken angegriffen, das ganze Gesundheitssystem sei schlecht, die Hygiene nicht einwandfrei, wie konnte es sonst passieren, daß sich so viele Menschen an einer noch unerklärlichen Krankheit infizieren konnten. Erst dann wurden Ärzteteams gebildet, die sich mit der Krankheit zu befassen hatten. Mit allen Ländern wurden Erfahrungen ausgetauscht, Labortests gemacht, Computeranalyse erstellt. Ergebnis immer Null. Es blieb der Gehirntod, das ausgetrocknete Gehirn. Aber das habt ihr ja selbst mitbekommen, es wurde ja immer wieder im Fernsehen und in den Zeitungen darüber berichtet, wenn auch die Hälfte davon nicht stimmte. Es können eben immer nur Vermutungen ausgesprochen werden. Aber es wird nicht mehr lange dauern, dann wird man nichts mehr verheimlichen und bagatellisieren können. In Afrika wurde auf den vermuteten Ebolavirus aufmerksam gemacht. Dann wurde auch noch der neue Aidsvirus entdeckt. Aber keine Wissenschaft und keine Ärzteschaft konnte genaues nachweisen. Doch bald wurde wieder alles heruntergespielt, es seien doch nicht soviel Tote, außerdem wird es sich nicht als Seuche ausbreiten und es ist doch nicht so verbreitet, wie man zuerst angenommen hatte. Es gibt natürlich noch kein Heilmittel dagegen, aber es wird daran gearbeitet. Aber wie sollte es auch ein Mittel dagegen geben, dafür wird es nie eines geben. Wie schon gesagt, die ›Faxorer‹ schlagen mit ihrer Methode zwei Fliegen mit einem Schlag. Sie können sich auf der Erde ansiedeln, dabei wird der Gefahr einer schnelleren Übervölkerung Einhalt geboten. Die Menschheit wird auf eine natürliche Auslese verringert, wenn auch nicht auf freiwillige Weise.«

Diesmal schaute ich nicht verstohlen auf die Uhr, sondern demonstrativ. Ich war abgespannt und müde, es war aber auch kein Wunder, es war bereits kurz vor 2.00 Uhr. Sollte ich Kaffee machen? Oder sollte ich lieber einen vitaminreichen Cocktail anbieten, der zum Sekt besser passen würde, das heißt, wenn wir noch länger aufbleiben möchten. Nach Abstimmung bekam der Vitamintrunk eine Chance. In weiser Voraussicht hatte ich schon vorgesorgt, und mußte das Getränk nur aus dem Kühlschrank holen. Eigentlich war alles gesagt, was zu dem derzeitigen Stand der ›Faxorer‹ zu sagen war.

Wir saßen daher wieder eine längere Zeit stillschweigend, jeder hing seinen Gedanken nach. Ich wußte zwar nicht, ob sie überhaupt etwas dachten, ich ließ meinen Gedanken freien Lauf und überlegte nicht überirdisch, sondern ob wir zum Essen gehen sollten, wenn Martin am Sonntag länger bleiben möchte oder ob ich das Gulasch anbieten könnte, das ich schon vorgekocht hatte. Mitten in meine Haushaltsgedanken sprach Martin dann weiter.

»Wenn wir schon zusammen sind, möchte ich auch noch über mich sprechen. Ich glaube, ihr könnt es bestimmt nicht verstehen, aber ich mache mir immer noch Vorwürfe, daß ich vielleicht alleine an dem Scheitern meiner Ehe schuld bin. Ja, unsere Ehebatterie war schon schwach geworden, was nach so langen Jahren eventuell nicht zu vermeiden ist. Unser Beruf hatte uns auch nicht immer viel Zeit gelassen für ein intensives Zusammensein. Als ich dann Petra begegnete, traf es mich wie ein Blitz aus heiterem Himmel. Wir haben uns ausgehungert aufeinandergestürzt, wie zwei Magnete, die sich nicht mehr lösen konnten, daran hat sich auch bis heute nichts geändert. Nun quält mich immer der Gedanke, war ich, oder waren wir beide schon infiziert? Daher unser starkes Verlangen. Ich bin bei meinen Operationen bestimmt mit etlichen infizierten Patienten in Berührung gekommen, also wäre es möglich, daß ich auch davon betroffen bin. Wenn Karin in der Zeit mehr Verlangen nach mir gehabt hätte, ob infiziert oder normal aus Liebe, und wir zusammen geschlafen hätten, dann wäre bei uns vielleicht eine erneute Sexlust entstanden, und wir wären noch zusammen.«

»Martin, bitte denke nun nicht mehr darüber nach, es ist zwar immer eine schlechte Ausrede, wenn man für alles das Schicksal verantwortlich macht. Warum kann man sich nicht auch verlieben, selbst wenn man keinen ›Faxorer‹ in sich trägt. Dann ist es doch Schicksal.«

Ich stand auf, trat hinter Roberts Sessel und legte meine Hände um seinen Hals und schmiegte mich an ihn. »Mein Schatz, glaubst du nicht auch, daß wir dann auch infiziert waren, als wir uns auf Sizilien kennengelernt hatten? Wir sind ja auch aufeinander geflogen wie die Maikäfer, und sofort voll aufeinander abgefahren. Das hat sich zum Glück auch bis heute nicht geändert. Sag, hast du das Gefühl, daß sich deine Gedanken, deine Vorstellungen und Meinungen geändert haben? Ich bilde mir ein, ich habe mich nicht geändert, vielleicht bilde ich es mir wirklich nur ein. Entweder bin ich nicht infiziert und wenn ja, dann haben sich meine Gedanken noch nicht verändert, bis jetzt wenigstens noch nicht. Ich freue mich noch immer, daß ich den Berufsstreß hinter mir habe, weil ich zum Vorruhestand gezwungen wurde und auf alle Fälle leben wir noch. Sagt mir ehrlich, habt ihr das Gefühl, daß ihr euch verändert habt?«

Zuerst antwortete Robert und meinte, daß er nichts Außergewöhnliches an sich entdeckt hätte, seine Gedanken und Gefühle seien immer noch die Gleichen. Das schönste Gefühl sei immer noch, wenn es Feierabend wird und er endlich nach Hause gehen könnte.

Martin meine daraufhin: »Also, ich muß ehrlich sagen, ich frage mich schon öfter morgens vor dem Spiegel, bist du es, oder bist du es nicht? Bist du verändert und merkst es vielleicht nicht? Was denkst du heute? Aber ich denke immer noch jeden Morgen, daß ich Hunger habe und was heute in der Klinik alles passieren könnte. Ich gehe wie jeden Tag meine Operationen durch, ob alle Vorbereitungen getroffen sind. Wie es wohl den Patienten nach der gestrigen Operation geht. Also alles normale Gedanken wie eh und je. Wie schon gesagt, es ist noch nichts bekannt geworden, daß überintelligente Menschen sich hervorgetan hätten, dabei vielleicht noch behaupteten, sie wären nicht mehr von dieser Welt. Aber warum sollten sie sich auch melden, man würde sie doch nur für verrückt halten, also Schweigen auf der ganzen Linie. Vielleicht ist es doch nur eine Warnung von den ›Faxerern‹ und die Todesfälle sind wirklich nur auf eine noch unbekannte Viruserkrankung zurückzuführen. Wieder einmal Fragen über Fragen, und keine befriedigende Antwort. Mein Vater würde zwar wieder sagen ›Glaube ohne zu fragen‹. Ich glaube, so ein ähnlicher Satz ist auch schon in der Bibel zu lesen.«

Dazu meinte ich:»Also Fragen hin und Fragen her, ihr könnt nun alleine endlos Fragen diskutieren, ich gehe jetzt ins Bett.« Das ist wenigstens noch eine menschliche Notwendigkeit, zu schlafen, wenn man müde ist. Diesmal war ich mit meiner Meinung wenigstens nicht alleine, das Angebot wurde einstimmig angenommen.

Kapitel 2

»Guten Morgen«, tönte es von der Tür her, »bei dem Kaffeeduft muß man ja munter werden und aufstehen. Habt ihr was dagegen, wenn ich noch kurz telefoniere?«

»Aber selbstverständlich nicht, das Telefon steht im Flur.« Als Martin wieder ins Zimmer kam, wirkte er abwesend und abgespannt. Ob er mit der Klinik telefoniert hatte, oder mit seiner Petra? Erfrischend war das Gespräch bestimmt nicht. Er meinte dann, daß es ihm leid täte, aber er könnte nicht länger bleiben, er würde daher nach dem Frühstück zurückfahren.

Trotz des kurzen Nachtschlafes war der Appetit bei allen gut, manchmal ersetzt Essen ja auch den Schlaf. Zuerst kauten wir noch schweigend, bis Martin dann wieder das Wort ergriff.

»Eigentlich wollte ich euch ja noch erzählen, aber gestern war es wirklich schon sehr spät. Für die Stimme von meinem Vater und auch von dem Wenzel, und wir wissen nicht, wie viele es sind, gibt es nun doch eine technische Erklärung. Es stimmte schon, als ihr in Sizilien einen Sender vermutet hattet. Es gibt auch in Deutschland einige, einen davon habt ihr ja selbst mit installiert. Es wurden meinem Vater und auch den anderen Stimmenempfängern einfach Empfänger sozusagen eingeschossen und das wirklich vom Mond aus. Als mein Vater damals behauptete, es wurde auf ihn geschossen, glaubten wir es ja nicht, damals dachten wir ja noch immer, daß es ein Schlaganfall war und sein Geist dabei verwirrt wurde. Aber in der Zwischenzeit wissen wir, daß die ›Faxorer‹ sich wie über ein Telefon mit ihren Agenten verständigen können. Ihre Befehle und Informationen erhalten sie von den Erststationen, die wiederum von der Mondstation abgegeben wird. Aber der Sender wird immer noch vom Mond aus in die Menschen abgeschossen. Wir wissen zwar immer noch nicht, ob mein Vater seine Stimme von einer Station im Ausland erhält, oder schon von einer in Deutschland vorhandenen Station. Vielleicht haben sich unsere Geheimagenten auch schon einer ähnlichen Methode bedient, einen Sender und Empfänger in sich implantiert. Es würde dann das Telefon in der Hosentasche ersetzen.«

Bei unserem Geplauder beachteten wir zuerst nicht, daß Nachrichten gesendet wurden. Der sachlichen Stimme des Sprechers bei der üblichen Nachrichtenvorschau schenkten wir zuerst kein Gehör. ›Weltkonferenz in London.‹ ›Explosion auf der Insel Santorin‹ ›Weiterhin sonnig, Temperaturen bis zu 30 Grad.‹

Ich war bei den Worten so entsetzt, daß ich beinah den Kaffee ausgeschüttet hätte. Dann sprach der Sprecher schon weiter.

»Heute früh um 3.00 Uhr wurde die im Ägäischen Meer liegende Kykladen-Insel Santorin durch eine Explosion fast vollständig vernichtet. Der Mittelteil der Insel ist buchstäblich im Meer versunken, nur vereinzelte Teile ragen noch aus dem Meer. Die Explosionsursache ist noch nicht geklärt. Es könnte ein starkes Seebeben oder ein Vulkanausbruch gewesen sein. Es könnte auch möglich sein, daß dort ein geheimes Atomwaffenlager stationiert war und nun explodierte. Die Untersuchungen werden schnellstens vorangetrieben. Selbst die nahegelegenen Inseln spürten die Erschütterungen, denn die Druckwelle pflanzte sich wie ein Erdbeben weiter. Es waren auch mehrere deutsche Urlauber auf der Insel. Heute Abend wird darüber in einer Sondersendung berichtet. Nächsten Dienstag treffen sich in London wieder Regierungsfachleute der ganzen Welt. Es wird über die Übervölkerung der Erde beraten, und wie können die Menschen dereinst alle ernährt werden?«

Den Rest der Nachrichten hatten wir uns nicht mehr angehört, wir waren immer noch entsetzt über die Naturkatastrophe. Ich meinte dann etwas traurig. »Ich wollte eigentlich immer schon einmal auf die Insel, aber es hatte wohl nicht sein sollen. Vielleicht ist sie zu ihrer Mutterinsel ›Atlantis‹ abgetaucht. Einige Forscher vermuten doch noch immer, daß ›Atlantis‹ dort irgendo existiert haben müßte.«

Nun fragte ich Martin, ob sein Vater irgendwann erwähnt hätte, daß die ›Faxorer‹ sich einen Schreckknaller ausgedacht hätten. Dazu meinte er, wenn das der Fall gewesen wäre, hätte er es bestimmt erwähnt. Das heißt also, doch eine echte Naturkatastrophe. Wie und warum wird man eventuell nie erfahren, aber was erfahren wir eigentlich noch? Unser Frühstück hatte damit ein trauriges Ende gefunden.

Martin schaute zuerst mich und dann Robert, und wie ich mir einbildete, mit einem wehmütigen Blick an und meinte dann: »Es tut mir leid, aber ich werde nun doch gehen müssen. Ich bin sehr froh, daß ich euch alles anvertrauen konnte. Ich fühle mich nun um einiges leichter. Trotzdem habe ich ein schlechtes Gewissen, weil ich euch mit den unangenehmen Tatsachen konfrontieren mußte. Ich weiß auch, daß es nicht sehr leicht sein wird, die ganze Geschichte zu akzeptieren.«

Ich beruhigte ihn dann: »Aber Martin, ich bitte dich, darüber brauchst du dir keine Sorgen zu machen. Du weißt ja, daß ich alles zu Papier bringe, was es über die ›Faxorer‹ zu berichten gibt. Diesmal muß ich mich bedanken, daß du so offen zu uns warst.«

Nach den nun üblichen Verabschiedungsfloskeln, kam Martin auf mich zu und nahm mich, ohne eine Wort zu sagen, in den Arm. Er hielt mich fest an sich gepreßt, als sollte es ein Abschied für immer sein.

Nachdem Martin gegangen war, saßen wir wieder einmal, wie schon öfter sprachlos voreinander. Wo sollte man mit einem Gespräch beginnen, nachdem soviel auf uns heruntergeprasselt ist. Und was mache ich? Ich fange zu weinen an. Ich habe in meinem Leben noch nie so viele Tränen vergossen, als in der letzten Zeit nach dem Tod von Peter. Vielleicht bin ich dadurch besonders empfindlich geworden, oder ich kann meine entsetzliche Angst nur noch durch Tränen lindern.

Robert nahm mich in den Arm und hielt mich ganz fest, er wußte, Worte waren dabei überflüssig. Als ich mich wieder beruhigt hatte, meinte er: »Du hast bestimmt auch ein ungutes Gefühl wegen Martin. Wenn ich es mir auch nicht eingestehen möchte, aber ich fühle, daß es ein Abschied für immer war.«

»Mit diesem Gefühl stehst du nicht alleine da, ich spürte es auch, es war, als ob er schon in eine andere Welt eingetreten wäre. Ob er vielleicht doch mit einem ›Faxorer‹ infiziert ist? Oder die Schuldgefühle über das Scheitern seiner Ehe belasten ihn doch mehr, als er zugeben will. Wahrscheinlich liebt er Karin noch und er fühlt sich selbst als Verräter, der sich bedingungslos und zu schnell einer leidenschaftlichen Liebe ausgeliefert hatte. Warum müssen die Menschen immer so komplizierte Seelenirrungen durchstehen. Warum kann man nicht einfach seinen Gefühlen folgen und alles ist in Ordnung, verstehst du das? Ich nicht.«

Eigentlich sollte weinen und lachen nicht so dicht beieinander liegen, aber vielleicht ist das der Trick, daß man das Leben überhaupt meistern kann. Als ich Robert so nachdenklich sah, mußte ich an die Stunden denken, als wir auf Sizilien nach dem Besuch von ›Wenzel‹ genauso ratlos und ungläubig der Geschichte gegenüberstanden. In der damaligen Alkohollaune kam uns damals zwar alles etwas lachhaft vor. Lachend umarmte ich daher Robert und meinte: »Du bist doch –«

»Du willst doch hoffentlich sagen, daß ich für dich der liebste Mensch bin?«

»Ja, das bist du ganz bestimmt für mich, aber eigentlich wollte ich ja was anderes sagen. Wenn wir auch nichts Genaues wissen, ob wir schon halbe ›Faxorer‹ sind oder nicht, ich werde nun versuchen, deinem ›Faxorer‹ zu befehlen, daß er dir flüstert, du solltest mir helfen, den Tisch abzuräumen und wenn es geht, auch noch beim Abspülen. Das gesamte Geschirr von gestern Abend steht noch in der Küche.«

Als ich dann Robert ansah, merkte ich, daß er das Lachen nicht mehr unterdrücken konnten, dann lachten wir beide los. Es war wie eine körperliche Vereinigung, befreiend und doch beruhigend. Lachend meinte er dann, der Befehl wurde vom ›Faxorer‹ ausgeführt und er sei startklar für sämtliche Hausarbeiten. So kehrten wir in den Alltag zurück.

Kapitel 3

Wir hörten wochenlang nichts mehr von Martin oder seiner Familie. Wir waren auch nicht immer zu Hause, denn das extrem heiße Sommerwetter, das in ganz Europa herrschte, trieb alle Menschen ins Freie und an die Seen. Am Abend waren die Biergärten überfüllt und kein Mensch richtete sich mehr nach den Öffnungszeiten. Die Ernte auf den Feldern war schon vollständig vertrocknet. Das Wasser wurde knapp und in einigen Städten mußte es schon stundenweise abgesperrt werden.

Besonders hart betroffen von der Hitzewelle war Spanien. In vielen Regionen war schon in den letzten Jahren der Regen sehr spärlich geflossen. Ganze Landstriche wurden in eine gnadenlose Wüste verwandelt. Die dort lebenden Menschen flüchteten in die Städte, um Arbeit zu suchen. Aber die Bewohner lebten dort auch schon an der Durstgrenze und konnten daher keine Menschen mehr aufnehmen. Die Kriminalität nahm die unmöglichsten Formen an, es wurde nicht mehr um Geld gemordet, sondern um Wasser.

Dann im August kam endlich die Wende. Woher die Natur dann

das viele Wasser nahm, konnten sich selbst Fachleute nicht erklären, nach dieser wochenlangen Trockenheit, einfach unglaublich.

Als ich, wie meistens in den letzten Wochen nach einer unruhigen Nacht, wie mit Blei in den Gliedern erwachte, war ich zuerst wie gelähmt. Meine Schritte waren tapsig wie die eines Bären. Meine Arme baumelten, als wäre ich eine Gliederpuppe und genauso bewegten sich meine Gedanken. Ich trat dann durch die immer geöffnete Balkontür und prallte auf eine von Hitze gemauerte Wand. Ich hielt den Atem an, denn ich wollte die Hitze nicht in mich aufnehmen.

Die Luft vibrierte und zitterte, als bestünde sie aus einem elektrisch geladenen Netz und wenn man es mit den Fingern berühren wollte, Funken sprühen würde. Dem Himmel fehlte auch das in den letzten Wochen übliche Blau. Er sah aus wie ein milchiges, mit einer Unmenge wabbeligen, weißen Quallen bedecktes Meer.

Es erinnerte mich an den Tag auf Sizilien, als uns die Riesenwelle überraschte. Ich starrte immer noch den Himmel an, als Robert sich neben mich stellte und meinte: »Findest du nicht auch, daß heute eine eigenartige Stimmung herrscht? Genau wie damals auf Sizilien, nur das Meer fehlt natürlich.«

Ich gab ihm einen Kuß und lachend erwiderte ich: »Ich glaube, der Wenzel beherrscht noch immer unsere Gedanken und Gefühle, denn ich dachte es mir und du hast es ausgesprochen. Vielleicht bedeutet es auch Regen, und das würde Wasser bedeuten.

Im Süden von München konnte man zuerst das Unheil kommen sehen. Von den Bergen schoben sich am späten Nachmittag zuerst einzelne Wolken hoch. Dann wurde die Wolkenwand immer dichter und dunkler. Es rührte sich kein Blatt, wenn überhaupt noch welche vorhanden waren, die Luft blieb stehen, kein Windhauch war zu spüren. Die Wolkenwand wurde, was kaum noch möglich war, noch dichter und dunkler und strebte langsam der Stadt entgegen. Als die ersten Blitze sich dann aus der Dunkelheit lösten, atmete bestimmt jeder auf, denn er erwartete ja den ersehnten Regen. Was dann kam, war ein einziges Inferno. Blitz und Donner waren eine einzige Einheit. Am Himmel war nur noch ein einziges Dauerfeuerwerk zu beobachten, mit dem Getöse von einschlagenden Granaten. Ich glaube, dabei verkroch sich jeder Hund in die hinterste Ecke, am liebsten hätte ich das auch gemacht, aber als Mensch darf man das ja nicht, immer der Gefahr ins Auge zu schauen, heißt doch die Parole. Ich schaute zwar nicht, ich schloß die Augen, ich hatte vor Gewittern schon immer Angst.

Dann öffnete der Himmel seine Schleusen, diesmal waren es keine leeren Worte, sondern Tatsachen. Man konnte nichts mehr erkennen, eine Wand aus Regen nahm einem die Sicht. Trotzdem waren wir glücklich, Regen, endlich Regen.

Die ausgedörrte Erde konnte natürlich das Wasser nicht so schnell aufnehmen, daher floß es in Strömen ab. Bald bildeten sich im Gras und Feld Mulden wie kleine Seen. Die Flußläufe füllten sich, die ersten Unterführungen wurden unterspült, in manchen Kellern drang das Wasser ein. Polizei und Feuerwehr mußten Straßen und Bahnübergänge sperren.

Dann regnete es, es regnete 10 Tage ohne eine einzige Minute Stillstand. Es wurden an manchen Tagen bis zu 80 Liter pro Quadratmeter in 24 Stunden gemessen.

Wenn das eine neue Sintflut war, dann ist sie fast geglückt. Das, was der Dürre nicht zum Opfer fiel, wurde nun ein Raub des Wassers.

Die immer schon Hochwasser gefährdeten Städte mußten alle geräumt werden, denn die Flut begrub oft ganze Dörfer unter sich. Kein jetzt lebender Mensch konnte sich an eine solche Katastrophe erinnern.

Auch wir wußten nicht mehr, ob das Inferno von den ›Faxorern‹ ausgelöst wurde, oder wie die Wissenschaftler glaubten, von den hohen Atmosphärenverschmutzungen. Egal wer sie verursachte, die Folgen waren fürchterlich.

Unsere Gespräche nahmen danach immer den gleichen Anfang und endeten immer auf dem gleichen Gleis.

Wenn wirklich die ›Faxorer‹ das Chaos ausgelöst haben, warum verfielen sie auf so extreme Mittel? Sie müßten doch auch bemüht sein, unsere und eventuell auch ihre Welt zu erhalten.

Warum wollen sie die Lebensgrundlage der Menschen vernichten?

Warum haben sie den Regen nicht gleichmäßiger verteilt? Dann wären die Schäden bei uns nicht so enorm.

Warum wurde nur Deutschland, der Norden bis Großbritannien, vom Regen überflutet?

Warum bekam der Süden, besonders Spanien nichts von dem Regenreichtum ab?

Ist die Macht der ›Faxorer‹ doch nicht so groß? Können auch sie die Folgen unserer zerstörten Umwelt nicht mehr aufhalten?

Wieder einmal Fragen über Fragen, und keine Antworten.

Kapitel 4

Wochen nach der Wasserkatastrophe erhielten wir einen Anruf von Martins Vater. Er fragte uns, ob wir nicht am kommenden Sonntag zu ihnen kommen könnten. Ich versuchte mein ungutes Gefühl zu unterdrücken, und versuchte mich auf den Besuch zu freuen.

Die Straßen wurden in der Zwischenzeit wieder einigermaßen fahrbar gemacht. Als wir das letzte Mal dort waren, begleitete uns die Natur mit bunten herbstlichen Farben. Wie wird es diesmal aussehen?

Als wir bei ihnen ankamen, wurden wir herzlichst begrüßt. Ich hatte das Gefühl, daß sie schon hinter der Tür standen und auf uns gewartet hatten. Hinter der Herzlichkeit spürte ich aber sofort, daß dahinter Leid oder Unheil lauert. Martins Mutter fing dann auch sofort bitterlich zu weinen an. Ihr Mann nahm sie in den Arm und führte sie ins Haus zurück, dabei nickte er seiner Enkelin zu, die ihm dann sofort folgte. Momentan standen wir vor dem Haus und wußten nicht, wie wir uns verhalten sollten. Als dann Martins Vater zurückkam, entschuldigte er sich und fragte, ob es uns recht wäre, wenn wir gemeinsam ein Stück des Weges gehen würden. Zuerst gingen wir schweigend, dabei sah ich mit Staunen, daß der Regen dem wahrscheinlich auch ausgetrockneten Boden wieder neue Kräfte verliehen hatte und zartes Grün überwucherte die Wiesen. Als wir zu einer Bank kamen, bat er uns, dort Platz zu nehmen. Mit einem tiefen Seufzer meinte er dann: »Ich weiß, es ist nicht sehr gastlich, wenn man seine Freunde nur einlädt, wenn es unangenehme Nachrichten zu erfahren gibt. Martin ist tot.«

Die drei Worte waren so erschreckend, daß ich glaubte, mir würde das Herz stehen bleiben. Keiner war fähig, auch nur ein Wort darauf zu sagen. Endlich raffte ich mich auf und murmelte: »Das ist ja furchtbar, war er denn krank? Oder war es ein Unfall?«

Nach einem nochmaligen Seufzer meinte Martins Vater dann: »Einen Unfall kann man es schon nennen. Er hat sich mit seiner Geliebten, oder seine Geliebte hat sich mit ihm vergiftet. Ihr Mann fand sie engumschlungen auf dem Fußboden in ihrer Wohnung. Für seine Mutter war das ein furchtbarer Schlag. Ihr dürft ihr nicht böse sein, wenn sie sich verkriecht. Aber der Schmerz ist wie eine offene Wunde, jedes Wort über Martin ist, als ob Pfeffer in die Wunde gestreut würde. Für mich ist es zwar auch nicht viel leichter, aber ich wußte, daß sein Lebenslicht bald erlöschen würde, aber so schnell hatte auch ich es nicht erwartet. Karin ist natürlich ausgerastet. Sie hatte sich geweigert, zur Beerdigung zu kommen. Ich kann sie ja verstehen, zuerst verliert sie seine Liebe durch sie, dann auch noch sein Leben. Sie will auf alle Fälle noch in Singapur bleiben. Wir haben daher auch niemanden von dem Unglück berichtet, es sollte eine stille Beisetzung werden.«

Nach der schmerzlichen Nachricht zog er einen Flachmann aus der Tasche und bot ihn mir an, um einen Schluck daraus zu nehmen. Diesmal kam mir der ›Selbstgebrannte‹ wie Wasser vor. Die seelische Erschütterung war bitterer als der Schnaps. Ich konnte meine Tränen dann nicht mehr zurückhalten, denn ich wußte, wie sie sich fühlen mußten. Ich weinte nicht nur um Martin, aber bei einer solchen Konfrontation weinte ich immer noch um Peter. Danach entstand ein erstarrtes Schweigen. Jeder war mit seinem Schmerz alleine.

Als sich Martins Vater dann erhob, und zum Haus zurückkehrte, gingen wir noch immer schweigend hinter ihm her. Rita hatte ein Mittagessen für uns gerichtet.

Die Unterhaltung kam sehr stockend in Gang, denn was sind Worte gegen das unausweichliche Schicksal. Außerdem fragte ich mich, ist Martin wirklich durch Gift gestorben oder durch einen ›Faxorer‹? Aber warum sollten sie ausgerechnet vor uns seinen Tot verschleiem wollen?

Als sich Rita dann zurückgezogen hatte, schaute er mich wieder mit dem bekannten Blick an und meinte: »Ihr fragt euch nun wahrscheinlich, stimmt es mit dem Selbstmord bei den beiden? Oder starben sie durch einen ›Faxorer‹? Das Einverleiben des ›Faxorers‹ haben Martin und Petra gut überlebt.«

»Hatte es dann Martin auch gewußt, daß sie infiziert waren?« wagte ich zu fragen.

»Ob er es genau wußte, weiß ich nicht, er hatte mich nie danach gefragt. Aber geahnt hatte er es bestimmt. Er ist immer noch nicht mit dem Scheitern seiner Ehe fertig geworden. Dann die Ungewißheit, wie sich seine Infizierung auswirken würde, dazu kam auch noch der berufliche Streß, es wurde in der Klinik oft gegen ihn gearbeitet. Sie konnten es nicht verstehen, daß er sich von Karin trennte. Sie war sehr beliebt dort.«

Robert, der sich bis jetzt nicht an der Unterhaltung beteiligte, fragte nun: »Kann man überhaupt schon etwas sagen, oder kann man schon feststellen, was aus den Menschen wird, die einen ›Faxorer‹ in sich haben und überlebten?«

»Nein, bis jetzt hatte das noch keine Auswirkung auf den Menschen gezeigt. Die Mensehen mit ›Faxorern‹ sind auch noch zu sehr in der Minderheit, somit könnten sie noch nichts erreichen. Es wird bestimmt noch einige Zeit dauern, bis sie stark genug sind, und sich dann bemerkbar machen können. Bis dahin müssen sie sich still halten.«

»Aber ich kann mir immer noch nicht vorstellen, was sie dann einmal unternehmen wollen?« Das war eine Frage, die wir uns schon so oft gestellt hatten, die Robert nun ansprach.

Martins Vater hob nur die Schultern hoch, als er sagte: »Ja, so ganz genau ist das auch noch nicht programmiert. Aber ich hoffe, das heißt, wir hoffen alle, daß sich dann in den Spitzen der Regierungen und in der Industrie einiges ändern sollte, selbstverständlich nur zum Besten unseres Planeten. Den ›Faxorern‹ geht es nicht ums Geld, sondern einzig um die Wiederherstellung unserer Natur. Ihr habt es ja selbst miterlebt, als wir den Sender einbauten. In der Zwischenzeit wurden in allen Regionen der Welt Sender eingebaut, damit werden auch allerlei Messungen durchgeführt. Außerdem können sich die ›Faxorer‹ auch mit den Menschen in der ganzen Welt verständigen. Leider sind die Auswertungen, die unsere Umwelt betreffen, sehr schlecht, man kann schon sagen, miserabel. Unsere Erde ist schon wie ein ausgedörrter Christbaum, Wenn man ihn berührt, fallen die Nadeln ab. Dabei fallen leider auch die kostbaren Kugeln mit ab und werden zerstört. Wer ist dann der Schuldige, der dürre Baum, oder der, der ihn berührt? Die ›Faxorer‹ sind, Erfahrungen sammelnd auf ihrem eigenen Planeten der Meinung, es müsse wieder neues Land geschaffen werden. Das wurde schon vor Tausenden von Jahren immer wieder einmal praktiziert. Sintfluten und Naturkatastrophen reinigen die Luft und verschlingen vorhandene Störungen. Ohne es aussprechen zu müssen, wir sind an Grenzen gestoßen, die wir nicht mehr umgehen können. Wir sind doch jetzt schon übervölkert, unser Lebensraum wird immer enger. Wie lange wird es noch dauern, bis wir alle Menschen ernähren können, wie lange haben wir noch genügend reines Wasser für Mensch, Tier und Natur? Was wird sein, wenn die Meere und Flüsse verseucht sind? Die Erde nicht mehr anbaufähig ist? Dann nützt sie den ›Faxorern‹ auch nichts mehr! Die Übervölkerung werden wir, dank den ›Faxorern‹ bestimmt in den Griff bekommen, die Erde wieder bewohnbar und lebenswert zu machen, wird ihnen auch gelingen, da bin ich ganz sicher.«

Als Robert dann fragte: »Sind dann die ganzen Katastrophen, die Stürme, die Wasserfluten, die Dürre, die Erdbeben, schon der Anfang der großen Reinigungsaktion?«

»Ja, so kann man es auch sehen. Aber es ist bis jetzt nur eine leichte Brise, die wir bis jetzt zu spüren bekamen. Der große Sturm wird noch folgen.«

Bei diesen Worten wurde uns sehr deutlich klar, es ist eine grausame Wahrheit, die Martins Vater soeben ausgesprochen hatte.

Wir wußten, Worte konnten nichts mehr ändern. Daher wollten wir nach München zurückfahren. Martins Vater wollte uns auch nicht davon abhalten. Als ich ihn zum Abschied umarmte, ging eine stärkende Kraft auf mich über, die mich aufrichtete und mir wieder etwas mehr Lebensmut übermittelte. Da wurde mir klar, ich werde schreiben müssen, immer nur schreiben. Bis die Menschheit es vielleicht doch glauben wird, was uns noch bevorsteht. Und sie wird verstehen müssen, daß doch am Ende wir alleine, nur wir alleine für alles verantwortlich sind.

Aber wir können nur hoffen, daß wir eines Tages nicht mehr alleine dastehen würden, sondern Tausende uns folgen würden, dann könnten wir es noch schaffen, wieder eine bessere Lebensgrundlage für uns und auch für die ›Faxorer‹ schaffen.

Auf der Rückfahrt bemerkten wir, daß die Bäume trotz der vorhergegangenen Dürre wieder neu Knospen und zarte Blätter ansetzten. Wahrscheinlich ist die Natur doch stärker, als wir glauben und sie alleine wird, auch ohne uns, sich immer wieder durchsetzen. Nur die von uns zurechtgezimmerte Zivilisation würde etwas länger als Mahnmal vor uns stehen.

Roberts Gesichtsausdruck war bei der Fahrt sehr ernst, vielleicht dachte er genauso wie ich, warum haben wir Martins Vater nicht gefragt, ob wir auch schon einen ›Faxorer‹ in uns haben? Ist es Feigheit, oder Angst, weil wir es nicht wissen wollten? Vielleicht beides, aber einmal werden wir es bestimmt erfahren. Dann ist noch Zeit genug, sich damit abfinden zu müssen.

Kapitel 5

Die Zeit bis Weihnachten vergeht manchmal schnell, dann wieder zieht sie sich unendlich. Was schon seit Jahren nicht mehr der Fall war, Mitte November wurde es kalt. Die noch immer vorhandenen Regentümpel und manche Flüsse sind bereits zugefroren. Wir hatten zwar Wasser, aber Obst und manche Lebensmittel wurden immer knapper. Die Regierung erwog, ob nicht Lebensmittelmarken eingeführt werden müssen. Die Menschen starben immer noch an unerklärlichen Krankheiten. Die vom Wasser und der Dürre geschädigten Menschen warten immer noch auf die versprochene Abfindung. Die Abwässer wurden immer noch in die Flüsse und Meere geleitet. Die Wälder wurden weiterhin abgeholzt. Der Rubel rollte also immer noch, es hat bis jetzt noch keiner begriffen, was eigentlich auf dem Spiel steht. Aber welcher Spieler hört schon auf, selbst wenn er am Verlieren ist, er hofft doch immer noch auf den großen Gewinn.

An den langen dunklen Wintertagen hatte ich viel Zeit, meine Aufzeichnungen zu vollenden. Ich bin mir immer noch nicht im Klaren, ob meine Schreiberei ein Tatsachenbericht ist, einen Horror-Trip oder eine Zukunftsvision darstellen soll.

Am Samstag holte ich dann die letzte Flasche Wein aus dem Regal, sie gehörte auch zu den Raritäten, die es nicht mehr zu kaufen gab, wir wollten uns damit einen gemütlichen Abend machen. Ganz ohne Hintergedanken war meine kleine Feier nicht, ich wollte Robert mein vollendetes Manuskript vorlegen.

Er hatte zwar alle meine Aufzeichnung immer wieder gelesen, aber es ist wie ein Weihe, wenn man denkt, daß das letzte Wort meines ersten Buches geschrieben ist. Ich legte daher den Ordner mit meinen zu Papier gebrachten Gedanken, Empfindungen und der Wahrheit, einer Wahrheit, die bestimmt keiner glauben wird und kann, auf den Tisch.

Robert nahm mich in den Arm, hielt mich wie schon oft in der letzten Zeit einfach nur fest, denn unser Zusammengehörigkeitsgefühl und unsere Liebe gaben uns immer wieder die nötige Energie, um weiterleben zu wollen.

Nach einem genußvollen Schluck unseres kostbaren Weines, meinte Robert: »Wenn du jetzt der Meinung bist, daß dein Werk druckreif ist, warum hast du dann nicht den Mut, es auch einem Verleger anzubieten?«

Lachend meinte ich dazu: »Das ist ja der Haken an der Geschichte, ich habe einfach nicht den Mut dazu. Ich habe einfach Angst, was mir dabei alles passieren könnte. Manchmal bin ich mir nicht ganz sicher, ob das, was ich geschrieben habe, auch immer das ausdrückt, was ich damit sagen wollte. Außerdem ertappe ich mich immer wieder, daß ich Worte und Empfindungen verwendet habe, die ich dann in anderen Büchern, die schon vor 30 oder 40 Jahren geschrieben wurden, wiederfinde. Vielleicht denkt man dann, ich habe bei ihnen abgeschrieben.«

Verwundert schüttelte Robert den Kopf: »Aber warum hast du nie über deine Befürchtungen darüber gesprochen? Das ist doch absurd. Wir haben doch in unserer Sprache immer noch den gleichen Wortschatz. Ja, es kamen in der letzten Zeit viele Begriffe dazu. Aber das Wort Sonne oder Mond ist immer noch aktuell. Man kann es umschreiben, aber der Hauptbegriff ›Sonne‹ bleibt immer. Du kannst nicht dafür ›Bohne‹ schreiben, dann würde man dich nicht mehr für ›dicht‹ halten. Außerdem kannst du keine neuen Worte und Begriffe erfinden, nur weil es den Begriff schon gibt. Dann müßte ja jeder Schriftsteller, der über Liebe schreibt, abgeschrieben haben, denn Liebe bleibt immer Liebe. Da machst du dir unnötige Gedanken, das wird sich in der Literatur nicht vermeiden lassen, daß sich einiges wiederholt.«

Robert hatte ja mit seiner Erklärung recht, aber die Unsicherheit, ob auch alles bedacht ist, bleibt wahrscheinlich immer bestehen. Etwas unsicher meinte ich dann: »Es wird auch nicht sehr leicht sein, einen Verleger zu finden. Entweder die Verleger meinen, daß die ganze Geschichte ein alter Hut ist, damit könne man nicht einmal einen Schüler zum Lesen bewegen. Da wären ja sämtliche Indianerbücher noch besser. Oder ich hätte Glück und ein Verleger denkt, daß das der Knüller des Jahres wäre und es verlegen würde, dann wäre bestimmt eine große Anzahl von Menschen über die Wahrheit entsetzt und würden uns angreifen. Glück könnte ich vielleicht haben, wenn es einen Verleger gibt, der schon von einem ›Faxorer‹ infiziert ist, dann wäre es ja seine Entstehungsgeschichte, und er würde das Buch auf alle Fälle auf den Markt bringen. Aber wenn es wirklich keiner haben will, dann werde ich es gut aufheben, vielleicht findet es dann einmal die Nachwelt, dann wissen sie wenigstens, was wirklich geschehen ist.«

Diesmal mußten wir beide lachen, als Robert mich dann fragte: »Kannst du mir dann wenigstens verraten, wo du deinen Schatz deponieren willst, daß er auch einmal gefunden werden kann?«

»Ja, das ist auch wieder so eine Geschichte, wo könnte man etwas deponieren, daß es einmal, in vielen Jahren, gefunden werden könnte? Vielleicht müßte man die Worte in Stein meißeln oder in Metall einritzen. Papier würde ja nicht lange herhalten, dann wäre es vernichtet. Man kann es auf Disketten speichern, aber würden sie eine eventuelle Flutwelle oder größere Erdbeben überleben? Oder was würden die Menschen in Tausenden von Jahren daraus lesen? Wir können ja die Zeichen unserer früheren Zivilisation auch noch nicht entziffern. Wir wissen ja immer noch nicht, was die Völker von damals uns mitteilen wollten. Deshalb werden wir in Unwissenheit sterben müssen und das werden wahrscheinlich auch die nach uns kommenden Völker tun müssen. Wir werden nicht erfahren, was vor uns war, und die nach uns werden wahrscheinlich nicht erfahren, was bei uns war. Vielleicht ist das auch wieder so eine Einrichtung der Natur, daß jede Epoche ihre Erfahrungen selbst machen muß. Ob sie früher besser waren und sorgfältiger mit unserer Erde umgegangen sind, das werden wir genau so wenig erfahren, wie die Nachwelt, was wir mit unserer Erde gemacht hatten. Ich glaube, es wäre doch sinnvoller, ich würde einen Verlag finden, der meine Aufzeichnungen der Öffentlichkeit anbieten würde. Vielleicht würde sich wenigstens ein kleiner Teil der Menschheit über unsere Misere Gedanken machen. Oder es würde ein Horror-Roman bleiben, den man liest und dann wegwirft, manchmal kann die Fantasie einer Verrückten auch unterhaltsam sein, und der Leser denkt, ganz schön ausgefallen, aber mal etwas anderes, als immer nur Krimi. Vielleicht ist es sogar ein Krimi? Ohne zu wissen, wer der Mörder ist. Ich würde sagen, wir trinken unseren letzten Schluck Wein und warten, was die Zukunft bringt, wir werden sie akzeptieren müssen, ob mit oder ohne mein Buch. Prost!«

Danach lagen wir uns lachend und mit einem Auge weinend in den Armen. Vielleicht stimmt es, daß nur das eigene Leben zählt und die Liebe der einzige Beweggrund ist, daß wir am Leben teilhaben wollen, daß wir uns vermehren wollen und somit der Zukunft eine Chance geben könnten.

Weiterleben ohne zu wissen und ohne zu fragen, was zuvor war und was danach kommen wird. Wahrscheinlich sind wir so zu schwach, um den ganzen Kosmos ändern zu können. Wahrscheinlich werden es auch die anderen Mächte nicht schaffen. Also was bleibt uns dann noch zu tun in der kurzen Zeitspanne, das wir Leben nennen? Vielleicht ist es doch die beste Lebensweisheit, wenn der Mensch noch einen Baum pflanzt, selbst wenn er weiß, daß am anderen Tage nichts mehr sein wird, oder doch? Der Baum wird es einmal wissen.

Viertel Teil
Die Faxorer werden sichtbar

Kapitel 1

»Hallo, Liebes, bei dir duftet es aber verführerisch, was gibt es denn Wunderbares? Hast du die duftenden Kräuter von dem Balkongarten geerntet?«

»Wird nicht verraten, aber es ist sofort soweit, daß wir essen können, unser Metzger hatte wieder einmal Kalbfleisch zu bieten, allerdings sehr teuer, aber ab und zu muß man sich ja auch etwas Ausgefallenes leisten.«

Robert fragte mich dann noch, ob ich heute Nachmittag nicht zu Hause gewesen wäre, ich konnte ihm dann nur noch einmal erklären, daß ich beim Metzger war und danach mit Frau Meier in der Stadt, denn wie er wüßte, hätte sie doch Angst, alleine zu fahren. Es wäre für ältere Leute nicht mehr einfach, denn in der U-Bahn ist meistens alles überfüllt und man ist, selbst wenn man nichts dabei hat, vor Taschendieben nie sicher.

Robert meinte dann, daß er das ganz vergessen hatte, aber wenn es mir recht wäre, würde er gerne meine Köstlichkeit probieren, denn er hätte schon gewaltigen Hunger, und wie es aussieht, hätte ich Züricher Geschnetzeltes gemacht, das sei immer noch seine Lieblingsspeise. Lachend setzten wir uns und genüßlich widmeten wir uns dann dem Essen, dabei hatte er wahrscheinlich ganz vergessen, warum er wissen wollte, ob ich zu Hause war.

116

Nachdem ich das Geschirr abgetragen hatte, wieder zurückkam, hielt ich geheimnisvoll meinen Arm im Rücken und fragte, wenn er erraten würde, was ich noch für eine Überraschung habe, gibt es hundert Küsse in einer Stunde, wenn nicht, müßte er helfen abspülen. Er hatte es natürlich nicht erraten, denn es war eine Flasche Obstler, den ich in der Stadt kaufen konnte, es gab aber trotzdem Küsse und zwar von ihm, für die Überraschung. Manche Leckerbissen und Lebensmittel waren seit der verheerenden Dürre und dem Hochwasser im letzten Jahr immer noch eine Rarität.

Angenehm gesättigt und entspannt lehnten wir uns auf dem Stuhl zurück, als er meinte: »Eigentlich wollte ich dir sagen, daß Rita bei mir im Geschäft angerufen hatte, als sie dich nicht erreichte.«

Erschrocken meinte ich dann: »Das bedeutete bestimmt nichts Gutes, ist etwas mit den Großeltern geschehen?«

Nach einer kurzen Pause meinte er dann, daß ich richtig vermutet hätte, ihre Großmutter wäre im Krankenhaus, das Herz macht nicht mehr mit. Der Tod von Martin hatte sie schon sehr getroffen, wahrscheinlich kann sie es immer noch nicht fassen, daß er so einfach selbst aus dem Leben geschieden ist, wo vielleicht seine Zeit noch gar nicht abgelaufen war. Entsetzt meinte ich dann: »Soll das heißen, daß wir sie besuchen sollten, du weißt doch, ich hasse Krankenhäuser, wenn ich nur daran denke, wird mir schon übel.«

»Nein, das ist es nicht, sie sollte uns nur von ihrem Großvater etwas ausrichten. Er ist natürlich die meiste Zeit im Krankenhaus. Er läßt fragen, ob es uns recht wäre, wenn Prof. Dr. Godwein Blake aus Hongkong sich mit uns in Verbindung setzten würde, er wäre Meeresbiologe. Was er von uns will, wußte sie auch nicht.«

Wir waren uns dann einig, daß, wenn er mit uns in Verbindung treten möchte, er es wahrscheinlich auch tun würde, selbst wenn wir dagegen wären, also wollten wir Rita anrufen, daß wir einverstanden wären, denn es steckt bestimmt wieder etwas Außergewöhnliches dahinter.

Wir dachten schon nicht mehr an die Anfrage von Rita, als ich am

20. Juni einen Brief aus dem Briefkasten holte mit dem Poststempel von Hongkong. Zuerst überlegte ich, wer von unseren Bekannten, ohne daß wir es wußten, dorthin in Urlaub geflogen sind, denn nach der Übergabe an das Mutterland China ist eine Urlaubsreise nach dort nicht mehr so interessant. Außerdem war bei uns, wie schon im letzten Jahr, ab Ende Mai ein trockener, heißer Sommeranfang. Seit Wochen regnete es schon nicht mehr, Temperaturen über 30° waren an der Tagesordnung, weshalb sollte man sich daher nach noch mehr Hitze sehnen. Das viele Naß vom letzten Jahr ist längst von der Sonne aufgesaugt worden.

Als ich dann den Brief öffnete, ist mir die Anfrage wieder eingefallen. Der Brief war in jeder Hinsicht eine Sensation. Erstens war er in drei Sprachen geschrieben. Etwas deutsch, englisch und die Worte, die ich nicht verstand, waren bestimmt chinesisch. Was er uns zu berichten hatte, war zwar ein wirres Durcheinander, aber als ich ihn ein paar Mal gelesen hatte, bekam ich Übersicht, was er eigentlich von uns wollte. Er schrieb, daß wir bestimmt wissen würden, daß er Meeresbiologe ist. Daß er auch zu dem Kreis mit der Stimme gehört, wüßten wir vielleicht noch nicht. Nun hätte sich in den letzten Jahren die Umwelt auf Hongkong zu ihrem Nachteil verändert, und die jetzige Regierung bemüht sich auch nicht um Änderungen. Die Verschmutzung im Hafen und um Hongkong herum ist so stark angestiegen, daß das Wasser schwer und fast unbeweglich geworden ist, es kann sich aber auch nicht mehr selbst reinigen. Bei einer Flutwelle, die eventuell durch einen Orkan oder durch ein Erdbeben ausgelöst, würde das viel leichtere Wasser des Meeres an dem schweren Wasser hochsteigen und die Wellen würden wie auf Mauern prallen, dann wäre eine Riesenwelle die Folge, und das hätte für die Stadt und das Umfeld verheerende Auswirkungen. Der Hafen, die Hotels, alle Wolkenkratzer am Hafenbereich, würden unter den Fluten begraben werden. Wie von Wetterexperten vorausberechnet, die großen Seher es schon lange voraussagten, und seine Stimme es bestätigt, werden im September/Oktober Hurricanes mit einer nie gekannten Heftigkeit wüten, dabei werden riesige Überschwemmungen nicht nur Hongkong, sondern die ganze Erde heimsuchen.

Er hätte mein Buch über die Faxorer gelesen – ich wußte überhaupt nicht, daß es auch im Ausland gelesen wurde, denn es ist nun doch geduckt worden – dachte er sich, daß Schriftsteller immer an vorderster Front stehen möchten, um dann live berichten zu können.

Er würde uns deshalb zu einem Besuch einladen, wohnen könnten wir in seinem Haus, denn er würde alleine leben. Er würde sich freuen, wenn wir sein Angebot annehmen würden.

Es war noch eine Telefonnummer angegeben, wir könnten ihn anrufen oder schreiben.

Nach dem Abendessen, als wir dann gemütlich auf dem Balkon saßen, gab ich Robert den Brief und scherzend meinte ich dazu, daß wir für dieses Jahr schon unseren Urlaub eingeteilt bekamen. Sein Boss hätte ihm ja so nahegelegt, daß er seinen gesamten Urlaub, erst im Herbst nehmen sollte, wenn sein Nachfolger gut eingearbeitet ist. Ich beobachtete ihn dann beim Lesen des Briefes. Zuerst lächelte er, dann wurde seine Miene ernst, dann spiegelte Entsetzten in seinem Blick. Er warf den Brief auf den Tisch, dann lachte er aus vollem Halse. Als er sich beruhigt hatte, starrte ich ihn erstaunt an, denn ich konnte mir nicht vorstellen, was in ihn gefahren ist. Immer noch lachend meinte er dann: »Das ist wohl der beste Witz des Jahres, heute ist doch nicht der erste April, denn als Aprilscherz würde ich es noch hinnehmen. Der Gute ist wohl nicht ganz richtig im Kopf, denkt der denn, daß wir lebensmüde sind? Ich habe doch keine Lust, mich wie eine Katze ersäufen zu lassen, du vielleicht?«

»Selbstverständlich möchte ich mich nicht ersäufen lassen. Ich werde aus der ganzen Geschichte auch nicht schlau. Irgendwie kann ich mir nicht vorstellen, daß er uns einladen würde, wenn er weiß, daß wir dann dort umkommen könnten, das würde mir dann nichts mehr nützen, um darüber zu schreiben. Entweder verstehen wir etwas nicht richtig, oder es gibt etwas, was wir nicht wissen. Ich würde vorschlagen, daß wir uns mit Martins Vater in Verbindung setzen sollten, er wäre ja nun wieder auf dem Hof, denn seiner Frau geht es ja zum Glück wieder besser, er könnte uns vielleicht aufklären.« Robert war dann auch meiner Meinung, daß das wohl das Vernünftigste sein wird.

Eine Zeitlang saßen wir uns dann schweigend gegenüber, jeder hing seinen Gedanken nach. Robert war zwar noch nie in Hongkong, aber wir waren vor 10 Jahren in Verbindung mit einer Thailandreise sechs Tage dort. Mein Gott, was waren wir von der Stadt begeistert. Das Gemisch aus Exotik und englischer Steifheit eine bezaubernde Mischung. Der Taifun-Hafen mit den Dschunken, wo ständig rund 8.000 Menschen leben, dazwischen die Verkaufsschiffe, einfach faszinierend. Im Hafen von Aberden durfte natürlich eine Fahrt mit dem Sampan durch die noch wenig erhaltenen Dschunkengassen nicht fehlen.

Die Fahrt mit der sehr alten Bergbahn auf den Viktoriapeak mit dem einzigartigen Ausblick über die Stadt und das gegenüberliegende Kowloon, sowie die Inseln Lantau und Lamma, wird ja immer als der schönste Blick der Welt bezeichnet.

Dann das Nachtleben mit den vielen Lichtern, den unzähligen Leuchtreklamen, wir kamen uns wie im Märchen vor und ich konnte mich an der bunten Pracht, die man vom ›Regent Hotel‹ in Kowloon am besten bestaunen konnte, nicht sattsehen. Von den Einkaufsmöglichkeiten und den wunderbaren chinesischen Tempeln gar nicht zu reden.

Schon der Gedanke, daß das alles verschwinden sollte, kann einen schon krank machen. Wenn wirklich die ›Faxorer‹ dahinterstecken, was dann? Müßte ich sie dann nicht hassen? Aber wo man hobelt, müssen Späne fallen, aber fallende Späne tun immer wohl. Vielleicht ist es gar nicht so schlecht, irgendwo zu versinken, einmal muß es ja doch sein und die Toten können zwar nicht mehr erfahren, was ihnen alles erspart geblieben ist.

Roberts Seufzer ließ mich wieder in die Wirklichkeit zurückkehren, nicht mehr lachend, meinte er dann: »Sag, kannst du dir vorstellen, wenn das wirklich eintrifft, was der Professor da schreibt, was das für eine Tragödie wäre? Der einzige Zufluchtsort wäre dort der Viktoriapeak, von dem du doch immer geschwärmt hast. Aber was würde dann passieren, wenn Millionen Menschen auf dem kleinen Berg, mit einer Höhe von nur 554 Metern, Zuflucht suchen würden? Es wäre das gleiche, wenn München überschwemmt würde und alle auf den Nockerberg stürmen würden und der Salvatorkeller müßte sie mit Bier und Würsten versorgen, dann gäbe es auch Mord und Totschlag. Das ist natürlich auch ein Witz, obwohl man angesichts solcher Vorhersagen keine Witze mehr machen bräuchte.«

Ich konnte darauf nur mit dem Kopf nicken, denn was sollte ich noch darauf antworten. Wir rätselten dann noch länger hin und her, ob er sich wirklich richtig ausgedrückt hat, oder ob wir es nicht richtig interpretiert haben, aber wie schon öfter, Fragen über Fragen und keine Antwort.

Wir konnten uns dann den Anruf bei Martins Vater sparen, denn Rita rief am anderen Vormittag bei mir an. Sie fragte, ob wir am Wochenende kommen könnten, der Omi ginge es auch wieder besser und sie würden sich freuen, uns zu sehen. Ich sagte natürlich sofort zu, wir wollten ja schließlich unseren Brief erklärt bekommen.

Wir fuhren dann am Samstag sehr früh los, denn wir wollten nicht in die Tageshitze hinein geraten, oder in einen Stau, der dann das Auto zu einer Sauna macht. Dort angekommen zeigte uns Rita sofort unser Zimmer, denn sie haben ihre Pension noch in Betrieb, obwohl die Übernachtungen zurückgegangen sind. Sonst hatte sich im Haus nichts verändert, die Landschaft hatte sich von der letzten Naturkatastrophe wieder erholt.

Hoffentlich wiederholt sich das nicht in diesem Jahr wieder, die Hitze wäre schon der Anfang. Mit etwas Wehmut saßen wir dann mit ihnen beim Mittagessen, denn jeder dachte an Martin und wie schön es wäre, wenn er auch dabeisein könnte. Dabei erfuhren wir, daß seine Frau immer noch in Singapur ist, aber nächstes Jahr zurückkommen möchte, sie würde dann vorerst bei ihnen wohnen.

Nachdem wir wieder unseren, immer noch vom Nachbarn selbst-gebrannten Obstler eingeschenkt bekamen, legte ich Martins Vater den Brief vor, der dann meinte: »Ja, der Godwein hätte mit ihm schon lange darüber gesprochen und er hätte ihm dann auch mein Buch geschickt und er wäre sehr angetan davon gewesen. Besonders freute er sich, daß wir über die Stimmen Bescheid wissen würden, denn er gehört ja auch dazu, er würde sich wirklich freuen, wenn wir kommen könnten.«

Nun mußte ich mich schon etwas beherrschen, daß ich die Ruhe behielt, als ich dann doch fragte, ob er uns sagen könnte, was wir denn dort sollten, wenn alles überschwemmt wird? Wie sollten wir dann wieder lebendig herauskommen? Lachend meinte er, daß das ganz einfach wäre, er wohnt auf dem Viktoriapeak, dort würden wir ja dann auch wohnen. Bis dort würde das Wasser nicht kommen und wir könnten alles mitverfolgen. Er würde ja das Land wie seine Hosentasche kennen, der neue Flughafen ist ja nun auch nicht mehr am Hafen, daher würde er uns irgendwie herausbringen. Außerdem, wenn sich das Meer wieder beruhigen würde, kommen bestimmt viele Schiffe, um nach Überlebenden zu suchen. Denn wie immer und überall, wenn es zu spät ist, werden Hilfsaktionen angeboten, selbst wenn das Unglück bei vorheriger Hilfe nicht stattgefunden hätte, wir würden dann bestimmt auch auf diesem Wege wieder zurückkommen können.

Ich schüttelte nur immer wieder den Kopf, denn es kam mir vor, als würden wir ins Kino eingeladen, wenn dann der Horrorfilm zu Ende ist, gehen wir gemütlich wieder nach Hause. Ich wagte dann doch noch einzuwenden, wenn auch wir uns die Frage schon gestellt hatten, ob er sich vorstellen könnte, was los wäre, wenn bei den Millionen Menschen eine Panik ausbrechen wird? Dann würden alle auf den Berg rennen, oder zum Flughafen um das Land zu verlassen. Außerdem wollte ich noch wissen, wieso sie sich so sicher wären, daß diese Flut überhaupt Hongkong erreichen wird? Oder ob es diesmal doch ein Machwerk der ›Faxorer‹ ist, der Anfang der Erdreinigung, das dann planmäßig funktioniert?

Bevor er uns dann eine Antwort gab, meinte er, daß es nicht schlecht wäre, wenn wir uns zur Stärkung noch einen Obstler genehmigen würden. Ich hatte nichts dagegen, denn ein zweites Glas konnte mir auch nicht mehr schaden.

Nun schaute er mich wieder mit seinem Wenzel-Blick an und meinte: »Ihr braucht keine Angst zu haben, auf dem Berg wird euch niemand mehr stören, denn es werden nicht viele den Fluten entkommen. Godwein hat schon seit Monaten alle amtlichen Stellen von den eventuellen Vorkommnissen benachrichtigt und gewarnt. Er hat sogar Volksversammlungen einberufen und wollte den Leuten die Lage klar machen, es wurde ihm aber nirgends geglaubt. Die Menschenmassen warfen mit Steinen nach ihm, die Regierung drohte ihm mit Verhaftung, wenn er sich noch einmal der Volksverhetzung verdächtigt macht. Aber nun wird es leider heißen, wer nicht hören will, muß fühlen. Sie werden hoffentlich bei einem friedlichen Schlaf überrascht. Aber ich verstehe die Aufregung nicht, auf Sizilien wart ihr doch auch immer in der ersten Reihe, bei der damaligen Riesenwelle und dem Ausbruch des Ätna.«

Nun meinte Robert, daß das schon stimmen würde, aber damals wußten wir ja nicht, was uns erwartete, deshalb hatten wir ja auch keine Zeit, um Angst zu haben. Aber wenn man im voraus schon weiß, was passieren könnte, hat man ja Zeit, Angst zu haben. Wir einigten uns dann darauf, daß wir es uns noch überlegen würden, ob wir die Einladung annehmen würden. Zuerst würden wir noch mit Professor Blake in Verbindung treten, ob er uns noch nähere Informationen geben könnte, selbstverständlich auch ihnen unsere Entscheidung sofort mitteilen.

Als dann beim Abschied mich der ›Bauervater‹, so nannten wir ihn noch immer, in den Arm nahm und seine nun ganz dunkel werdenden Augen durchdringend ansahen, wußte ich, wir werden nach Hongkong fliegen.

Natürlich sind wir geflogen und zwar am 24. Oktober. Robert konnte seinen ganzen Urlaub nehmen und noch einige Überstunden abbummeln, so hatten wir 7 Wochen Zeit, um uns in Hongkong auf alles vorzubereiten. In Europa wiederholte sich das Chaos vom letzten Jahr, Hitze und kein Regen, deshalb könnte uns die dortige Hitze auch nicht erschrecken, so glaubten wir wenigstens.

Der Flug war anstrengend, ich wußte bald nicht mehr, wie ich sitzen sollte. Eingeschlafene Füße, Kopfschmerzen, trockener Hals, waren die Folgen davon. Aber wenn man älter wird, ist, was vor zehn Jahren noch Lust und Spaß war, jetzt Anstrengung. Dazu kam die Angst, was wird geschehen? Werden wir doch in den Reigen der Vernichtung mit einbezogen, wenn ja, was wird mit uns geschehen?

Eigenartig, nach dem Tod von Peter berührten mich solche Ängste nicht mehr, es war mir gleichgultig, ob ich lebe oder ob mein Leben in Gefahr ist, mir kam damals alles so sinnlos vor. Aber jetzt? Ich lebe wieder durch Robert, darum fühle ich mich auch für ihn verantwortlich. Es ist ja gewissermaßen meine Reise, daß er mich unbedingt begleiten wollte, entbindet mich nicht, an eventuellen Unfällen unverschuldet zu sein.

Auch der längste Flug geht einmal zu Ende. Die Worte: »Bitte anschnallen, wir werden in Kürze landen«, kamen uns wie Engelsmusik vor. Der Pilot war Meister, er dirigierte unseren Vogel sanft auf die Landebahn. Nachdem der übliche Applaus geendet hatte, bekam ich plötzlich einen Schwächeanfall, für Sekunden drehte sich alles vor meinen Augen. Aber nach ein paarmal tief Luft holen, sah ich wieder alles normal. Es war bestimmt der Gedanke, den ich nicht auszusprechen wagte, daß wir zwar hier gelandet sind, aber wer weiß, ob wir auch hier wieder starten werden. Bei solchen Gedanken muß es einen ja umhauen.

Als wir dann endlich unser Gepäck ergattert hatten und dem Ausgang zustrebten, stand dort ein Boy mit der Tafel in der Hand vor uns. Der Name ›Waagner‹ war nicht zu übersehen, daß ein ›a‹ zuviel war, wen störte es, wir waren froh, daß wir abgeholt wurden.

Das Taxi stand schon bereit, wir fuhren über Kowloon, dann durch den Meerestunnel, den ich auch diesmal wieder unheimlich fand, obwohl der Gedanke, daß das Meer über einem brodelt, faszinierend ist. Daher waren wir froh, als wir wieder blauen Himmel über uns hatten. Danach ging es auf verschlungenen Wegen den Viktoriapeak hoch. An den Hängen des Berges liegen eigentlich nur die Villen und Appartement-Häuser der High Society. Deswegen waren wir erstaunt, als wir vor einem kleinen Häuschen standen, und man gewann den Eindruck, daß es mit dem Berg verschmolzen wäre. Eine, wie man bei uns sagt, Männergestalt, mehr breit als hoch, erwartete uns. Er machte nicht den Eindruck, daß viel chinesisches Blut bei ihm zu finden wäre, Professor Dr. Godwein Blake, denn bis dahin wußten wir ja nicht, daß er Europäer ist und in England geboren wurde.

Kapitel 2

Wir wurden herzlichst aufgenommen, seine Haushälterin Roselli führte uns in ein winziges Zimmerchen, in dem gerade zwei Betten Platz hatten, aber mehr brauchten wir ja auch nicht.

Ganz so klein, wie es aussah, war das Haus nun auch wieder nicht. Im Untergeschoß war die Küche, und wie man bei uns sagt, das Wohnzimmer und sein Arbeitszimmer mit zahllosen Büchern in den Regalen. Im oberen Stock war sein Schlafzimmer, unser Zimmer und zwei Bäder. Im Keller war sein gutausgestattetes Labor, mit all seinen Aufzeichnungen und dem Computer, daneben der Vorratsraum.

Nach einem kleinen Imbiß fiel ich müde und ausgelaugt ins Bett, dabei bemerkte ich nicht mehr, daß Robert erst viel später schlafen ging, er unterhielt sich noch mit Godwein. Sein erster Akt war, daß er der Meinung war, daß wir uns mit Vornamen und ›du‹ ansprechen sollten, das erzählten sie mir dann aber erst am anderen Morgen.

Beim Frühstück besprachen wir den Tagesablauf und was wir unternehmen könnten, um doch noch den Behörden und Menschen klarzumachen, in was für einer Gefahr sie schweben. Auch in den Wettervorhersagen wurden schon Stürme, starke Regenfälle und teilweise Seebeben gemeldet.

Wir versuchten dann in der deutschen Botschaft, ein offenes Ohr für die Gefahr, in der sich wahrscheinlich Hongkong befindet, zu finden. Zuerst wollte uns die Vorzimmerdame schon abwimmeln, aber wir ließen nicht locker und so wurde uns dann auch eine 10-Minuten-Audienz bei einem der Botschaftsangestellten gewährt. Er wollte zuerst wissen, ob wir bestohlen oder belästigt wurden, oder eine andere Straftat melden möchten. Als wir dann verneinten und zu erklären versuchten, daß wir Freunde von Professor Blake seien und auch wir wissen, daß Hongkong dem Untergang nahe ist und wir ihn bitten möchten, daß sie endlich etwas dagegen unternehmen sollten, und die Boote im Hafen gewarnt werden sollten.

Seine Miene wurde dabei immer ärgerlicher, als er dann meinte: »Also, Freunde von dem verrückten Professor, an seinen Spuk glaubt doch keiner, also lassen Sie uns mit dem Schwachsinn zufrieden.« Er wollte dann nur noch wissen, in was für einer Funktion wir hier wären, ob wir auch Wissenschaftler wären. Als ich dann antwortete, daß ich Schriftstellerin wäre und über das Chaos schreiben würde, machte er nur eine Handbewegung, als wollte er eine lästige Fliege verscheuchen und mit einem gemurmelten Fluch, oder was es sonst hätte heißen sollen, bat er uns in das Nebenzimmer. Der dort anwesende junge Mann war schon vorbereitet, denn mit einem demonstrativen Blick auf die Uhr begrüßte er uns. Wir gingen dann einfach grußlos wieder aus dem Raum, denn die Ausrede, er hätte noch einen dringenden Termin, wollten wir uns ersparen. Ich war traurig, frustriert, aber am meisten war ich wütend. Ich meinte dann zu Robert: »Was bilden sich die blöden Menschen eigentlich ein, glauben sie, daß sie Gott sind und alles besser wissen, daher das Naheliegende nicht mehr spüren können?«

Es gibt leider überall zwei Seiten, auf der einen müssen unschuldige Menschen alles ausbaden, obwohl die zweite Seite schuld an der

Vernichtung ist. Am liebsten hätte ich mich hingesetzt und geweint, aber das hätte auch nicht mehr geholfen.

Wir wollten dann in dieser Richtung nichts mehr unternehmen, daher bat ich Robert, daß wir auf den Viktoriapeak hochfahren sollten, um noch einmal den Blick auf die Stadt, den Hafen und das Umland in uns aufzunehmen.

Seit der Landung schwebte ich wie in einem Dämmerzustand. Nach dem Tod von Peter hatte ich nie mehr das Gefühl, daß er mir so nahe ist, manchmal glaubte ich, daß ich nur die Hand ausstrecken müßte, um ihn zu fühlen. Soll das bedeuten, daß er mich zu sich holen wird, oder will er mich beschützen? Ich durchlebte in Minuten noch einmal den Schmerz und die Verzweiflung, als er damals von mir gegangen ist. Meine Hände krallten sich in die Eisenstange, die an der Brüstung der Aussichtsplattform angebracht ist, auf der wir schon seit 10 Minuten standen. Wir sprachen kein Wort und starrten nur wie gebannt auf die Stadt. Als ich mich dann Robert zuwandte, nahm er mich in den Arm und hielt mich fest. Jetzt konnte ich meine Tränen nicht mehr zurückhalten, sie strömten, als ob eine Schleuse geöffnet würde.

Warum mußte ich immer wieder in solche seelische Verstrickungen und Ängste geraten. Obwohl ich wußte, daß ich nicht im Sturm untergehen dürfte, weder in meinen Gefühlen, noch in der Realität. Aber ich wollte mich ja auch nicht beschweren, ich habe ja wieder eine Schulter, an der ich mich ausweinen kann und Arme, die mich festhalten. Auch ich stand nach dem Tod von Peter alleine und hilflos dem Schicksal gegenüber. Mir wurde ja alles genommen, was für mich Leben bedeutete. Warum muß sich das immer wiederholen. Wenn die Vorhersage von Godwein stimmt, dann wird es wieder Menschen geben, denen alles genommen wird, auch diesen sollten meine Tränen gehören. Ich weiß, es ist ein altes verbrauchtes Wort, aber ich weinte wirklich bitterlich. Aber es weinten nicht nur meine Augen, sondern auch meine Seele, ja mein ganzer Körper. Robert hielt mich dabei immer noch fest umschlungen, ich versuchte mich enger an ihn zu drücken, damit wollte ich mein Zittern unterdrücken. Ich preßte mich an ihn, als ob es meine letzte Umarmung wäre, aber vielleicht ist sie es auch?

Was wird passieren, wenn die Flut stärker ist, als wir annehmen, oder was wird geschehen, wenn noch ein Erdbeben dazu kommt, werden wir dann auch mitgerissen? Die natürliche Reaktion des Menschen kann in einem dieser Momente zum Vorschein kommen. Zuerst die Angst nicht beachtend auf das Ziel loszugehen, die dann aber bei Gefahr einem zum Vorwurf macht, warum bist du das Risiko eingegangen. Wenn man aber dann die Gefahr überlebt und die Angst überwunden hatte, ist man auf sich selbst stolz, daß man es geschafft hat, man ist dann nur noch Held, der Intelligente oder der Tapfere und was es sonst noch an derartigen gefühlsmäßigen Ausdrücken gibt. Wenn man es aber nicht mehr schaffte, dann ist es auch nicht mehr wichtig, wie man sich fühlt.

Robert fühlte meine Aufgelöstheit, und wir hielten uns immer noch schweigend fest. Unser Zusammengehörigkeitsgefühl war so stark, daß wir kein Einzelwesen mehr waren, sondern nur noch Schatten, die lautlos ineinander flossen.

Nachdem ich mich wieder beruhigt hatte, wollte ich, das hieß, wir wollten es beide, nur noch in das Haus zurück. Wir wollten Liebe, wir wollten spüren, daß wir noch leben, und uns noch in Liebe vereinigen können.

Wir hatten einen Schlüssel von unserem Gastgeber bekommen, daß wir jederzeit kommen konnten. Als wir, was dort nicht immer leicht ist, ein Taxi bekamen, fuhren wir zum Haus zurück. Wir hatten, so sahen wir es wenigstens in diesem Moment, Glück, denn Godwein und seine Haushälterin waren nicht anwesend. Es lag nur ein Zettel auf dem Tisch, daß es etwas später werden würde, bis er zurückkommen könnte, und wir dann zum Essen gehen würden.

Wir strebten daher sofort unserem Zimmerchen zu, denn unsere Gefühle waren so aufgewühlt, genauso wie unsere Körper. Die Angst, Verzweiflung und Trauer um die eventuelle Zerstörung der Menschheit steigerten dann unseren Liebesakt zu einem Inferno. Der darauffolgende Orgasmus hob uns hoch, als wollten wir die Erde verlassen und hochsteigen bis an den Rand des Universums, das uns dann in einen wohligen Entspannungsschlaf schickte.

Ein unangenehmes Gefühl weckte mich, ich fühlte mich eingeengt und mir war kalt, obwohl die Hitze hier schon an die Grenze der Belastbarkeit getreten ist, wenigstens für uns. Aber trotzdem hielt ich die Augen geschlossen, denn Gedankensplitter jagten wild durch mein Gehirn. Ich erfaßte sie, doch sogleich waren sie wieder in der Tiefe verschwunden. Ich versuchte die Enge und die Kälte von mir zu schütteln, dabei bewegte ich den Kopf und öffnete die Augen und die zunehmende, aber meinem Gefühl entsprechend kalte Mondscheibe, sprang mich wie ein Dämon durch den Spalt des geöffneten Vorhanges an, die Kälte drang noch tiefer in mich ein. Die schon vergessene Angst, daß, wenn mich der Mond anstarrt, etwas Unangenehmes geschehen würde, stieg wie ein nicht verdauter Gurkensalat in mir hoch. Langsam tasteten meine Sinne den Raum ab und die Erinnerung kehrte zurück, und ich wußte, daß ich in Hongkong bin.

Als meine Hand nach Robert suchte, war sein Bett leer, deshalb sprang ich auch mit einem Satz heraus, zog mich an, denn der Mond machte mir auch klar, daß ich das Essen verschlafen hatte. Robert und Godwein, die bei einem Glas Bier auf der Terrasse saßen, lächelten mir nur zu, als ich mich entschuldigte, daß ich zu spät daran wäre. Godwein meinte dann, daß es bei ihnen üblich wäre, daß man auch noch, wenn es schon dunkel und etwas spät ist, noch überall etwas zum Essen bekommt. Das konnten wir dann auch selbst testen. Es war ein wundervoller Abend, die Menschen sind dort so aufgeschlossen und fröhlich, und bald waren wir in einer geselligen Runde aufgenommen, denn ihr englisch ist meistens auch nicht besser als unseres, deshalb mußte oft die Zeichensprache herhalten, oder Godwein mußte übersetzen, er spricht sehr gut chinesisch. Wir vergaßen momentan, warum wir überhaupt hier waren, um dem Tod ins Auge zu sehen, oder um Urlaub zu machen.

Dann geschah nichts mehr, die Menschen gingen ihrer Beschäftigung nach, der Verkehr war immer noch einziger Strom, der sich durch die Stadt wälzte. Wir konnten außer warten nichts tun. Wir fuhren nach Hongkong, von dort ging es dann mit der Fähre nach Kowloon, denn dort hatte sich seit meinem letzten Besuch in der Einkaufsmeile nichts geändert. Wir konnten die Menschen gut verstehen, wenn sie die Warnungen von Godwein als Hirngespinste abtaten, denn es ist ja alles so friedlich hier, wie könnte man da auf Gedanken wie Vernichtung und Katastrophen kommen. Ich bin ja nicht nur Schriftstellerin, sondern auch eine Frau und bei dem Bummel in Kowloon blitzten auch meine Augen bei den riesigen Angeboten verdächtig auf. Wahrscheinlich hatte mich Robert schon längst durchschaut, als er mich lachend beim Arm nahm und in das nächste Schmuckgeschäft drängte. Er meinte dann zwar, daß es vielleicht abnorm wäre, wenn wir jetzt noch einkaufen würden, aber ich sollte mir etwas Schönes aussuchen, man sollte sich trotzdem noch über jede Kleinigkeit freuen, das Glück, das man dabei empfinden kann, sollte ja in der Gegenwart aktuell sein, denn was wissen wir schon, was morgen sein wird. Wir kauften dann eine wunderbare Uhr und in meinem Innersten betete ich, daß sie mir noch lange Zeit glückliche Stunden anzeigen würde.

Entweder mußten wir uns doch an das andere Klima dort gewöhnen, denn wir glaubten ja, daß uns der Wechsel nichts ausmachen würde, da es ja bei uns schon sehr heiß war. Aber wir spürten, daß sich jeden Tag die Luft veränderte, es immer drückender wurde. Am liebsten wären wir nackt im Haus herumgelaufen, was wir zu Hause in der letzten Zeit meistens machten, aber hier waren wir ja nicht alleine, dabei wunderten wir uns, daß es die Menschen hier noch so zugeknöpft aushalten konnten.

Wir waren nun schon den fünften Tag hier, als Godwein meinte, daß er einen Kollegen zum Abendessen eingeladen hätte, das seine Haushälterin sehr gut machen würde. Das Essen war wirklich einmalig, eine Auswahl aus chinesisch, französisch und italienisch. Danach saßen wir, bei mir im Hinterkopf der Gedanke, wie oft wird das noch sein, auf der Terrasse und ich versenkte mich sehr intensiv in das Lichtermeer, das von oben aussah, als würde man auf einem anderen Stem sitzen, es war so nah und doch so weit entfernt. Nun konnten wir uns auch, denn sein Kollege Viktor ist Schweizer, gründlich über ihre Untersuchungen und deren Auswertungen unterhalten.

Nach ihrer Pensionierung hatten sie auf eigene Faust mit den Untersuchungen des Meerwassers in Hongkong angefangen. Godwein war lange Zeit in London als Biologe und erst in den letzten 10 Jahren konnte er hier tätig werden. Dort lernten sie sich dann bei einem Kongreß kennen und hatten seitdem Kontakt. Nun ist Viktor auch von Luzern nach hier übersiedelt, allerdings wohnt er in Kawloon in einer kleinen Wohnung. Sie hatten schon länger eine, auch ihnen nicht bekannte Substanz in dem Hafenwasser entdeckt. Selbst nach vielen Untersuchungen konnten sie es nicht analysieren. Es macht das Wasser schwer, und obwohl es noch flüssig ist, könnte man, wenn es so weitergeht, nicht einmal einen Stein untergehen lassen, denn er würde einfach abprallen. Deshalb vermuten sie auch, das heißt, sie wissen es genau, daß, wenn nun eine Flutwelle auf das Wasser hier trifft, es nicht aufgenommen werden kann, sondern hochsteigen und wie über eine Mauer hinweg alles überfluten würde, was er uns ja schon vorausgesagt hatte.

Als Godwein dann letztes Jahr plötzlich eine Stimme in sich hörte, und er dadurch von der Anwesenheit der ›Faxorer‹ erfuhr, war er nicht nur Wissenschaftler, sondern Vorausseher, was ihm den Ruf des verrückten Professors einbrachte. Dadurch konnte er auch mit den Stimmenempfängern auf der ganzen Welt, natürlich auch in Deutschland, in Verbindung treten. Er freute sich besonders, daß ihm sein Partner in Deutschland mein Buch geschickt hätte und er uns einladen konnte, denn sonst glaubte ihnen ja niemand. Auch wir kamen endlich dazu, unsere Erlebnisse zum Besten zu geben, obwohl sie das meiste schon aus meinem Buch erfahren hatten.

Es wurde dann eine lange Nacht und wir konnten es selbst nicht glauben, daß alles eintreten sollte, was vorhergesagt wurde.

Als Viktor dann zurückkehrte, hatte ihm Godwein noch das Versprechen abgenommen, daß er morgen Mittag zum Essen kommen sollte und alles Wichtige mitzubringen hatte, um hierbleiben zu können, denn wenn wirklich alles zusammenbricht, dann wäre er auch davon betroffen. In seinem Arbeitszimmer würde ja ein Sofa stehen, auf dem er übernachten könnte.

Kapitel 3

Es war eine unruhige Nacht, entweder hatten uns die Gespräche mit Godwein und Viktor keine Ruhe finden lassen, oder war die Atmosphäre so aufgeladen, daß unsere Nerven nicht zur Ruhe kamen. Es war schon lange nach Mitternacht, als wir uns noch immer umherwälzten. Irgendwie hatte ich das Gefühl, daß auch ich aufgeladen war, und als wir uns zur selben Zeit umdrehten, lagen wir uns wie verabredet in den Armen und ich klammerte mich, wie schon vor Tagen, an ihm fest, als wollte ich in ihn eindringen, um nicht den kommenden Ereignissen entgegensehen zu müssen. Nachdem sich unsere Unruhe nach dem wieder, eines Ausbruch gleichenden Orgasmus legte, mußten wir doch eingeschlafen sein, denn als ich erwachte, sah mir diesmal nicht ein grinsender Mond, sondern ein bleiche Sonne ins Gesicht. Sie wurde von einem Schleier umhüllt, bei etwas Fantasie konnte man sich vorstellen, daß sie ihr Antlitz, wie die Menschen bei einer Beerdigung, verhüllen möchte, daß man den Schmerz über den Tod nicht sehen kann, oder die Freude, weil ein despotischer Mensch gestorben ist, und man nun erben kann. Vielleicht verhüllte sie auch ihr Antlitz, weil sie die Menschen mit ihrem Vernichtungstrieb nicht mehr sehen will, um dann einmal eine saubere, friedvollere Erde zu erben, der sie dann wieder Wärme geben kann.

Als wir dann herunterkamen, waren Godwein und Viktor schon beim Frühstück, er war bereits mit vier großen Koffern angekommen, denn auch er wußte, daß er wahrscheinlich nicht mehr in seine Wohnung zurückkehren würde. Obwohl ich mich nach dem Aufstehen geduscht hatte, stand ich nach dem Frühstück schon wieder unter Wasser. Der Himmel war nun vollständig von dem weißen Schleier bedeckt, es herrschte eine unnatürlich dumpfe, drückende Schwüle, als wäre man in einer Grotte gefangen, darunter die Lavaglut dampft und brodelt immer in Erwartung, daß sie sich Luft macht und die Grotte in die Luft sprengt, so empfand ich es wenigstens. Ich konnte mir vorstellen, daß es den Männern nicht anders ergeht, aber keiner sprach seine Angst und seine Gefühle aus. Momentan waren wir zur Untätigkeit verdammt, denn wir wußten, es würde das Unfaßbare geschehen, aber wir konnten es nicht aufhalten, dabei kam man sich so hilflos vor.

Ich konnte vor Nervosität nicht mehr ruhig sitzen, obwohl sich mein Blick immer wieder an der Stadt festzukrallen schien, denn es überstieg mein Vorstellungsvermögen, daß in ein paar Stunden vielleicht nichts mehr zu sehen sein wird. Als Roselli das Geschirr abräumte, folgte ich ihr in die Küche und wollte ihr beim Abspülen helfen, denn ich brauchte etwas, womit ich meine Hände beschäftigen konnte. Aber sie ließ es dann nicht zu, sie nahm mich nur bei der Hand und in ihrem etwas holprigen Englisch erklärte sie dann, daß ich mit ihr in den Keller gehen sollte, damit sie mir einige Vorräte, die im Vorratsraum sind, zeigen könnte. Einige Vorräte war gut gesagt, es war schon das reinste Warenlager. Angefangen von Dosen aller Art, eingeschweißtem Brot und sonstigen Lebensmitteln. Kanister mit Wasser, Getränke, Taschenlampen, Batterien und fünf Gasmasken waren vorhanden. Ich mußte unwillkürlich lächeln, er hatte also doch mit unserem Besuch gerechnet. Auch sonst hatte er an alles gedacht, es war alles vorhanden, was man braucht, wenn eine Katastrophe hereinbricht und sie eventuell überlebt.

Nachdem wir wieder auf die Terrasse zurückkehrten mit den Taschenlampen in der Hand, die wir mitgenommen hatten, waren sie gerade dabei, in ein kleines Radiogerät Batterien einzulegen, denn Godwein meinte, daß bestimmt, wenn das Chaos wirklich eintrifft, der Strom ausfallen würde, deshalb hätte er auch keine Lebensmittel mehr in seiner Kühltruhe. Das Wort ›wirklich‹ sprach er ganz leise aus, als ob er hoffte, daß es vielleicht doch nicht eintrifft.

Die Zeit schlich im Zeitlupentempo dahin, ebenso unsere Gespräche. Das Mittagessen hatten wir in der Zwischenzeit auch schon eingenommen, obwohl die Nudeln mit der wunderbaren Soße ein Genuß sein hätten können, aber vielleicht ist es auch nur mir so gegangen, daß ich glaubte, meine Zunge und der Gaumen wären eingeschlafen und meine Geschmacksnerven nicht mehr den Duft wahrnehmen konnten; ich hätte auch Gras essen können, das hätte ich bestimmt nicht mehr gemerkt. Als ich schon den letzten Bissen auf dem Löffel hatte, schaute ich wie von einer fremden Macht angezogen zum Himmel hoch. Wie durch Zauberhand wurde der Schleier abgezogen und die Sonne konnte wieder ihre Strahlen auf uns niedersenken. Momentan mußte ich die Augen schließen, denn ich wurde geblendet von der Helligkeit. Unwillkürlich sprangen wir auf und traten an das Geländer der Terrasse. Oben blauer Himmel, unten das blaue Meer, das kein Fältchen, sprich, nicht die kleinste Welle zu bieten hatte. Die Schiffe und die Häuser schienen sich in eine wohlige Trägheit von der Sonne einfangen lassen. Wir sahen uns nur irritiert an und wahrscheinlich hatten wir alle den gleiche Gedanken, ob es vielleicht doch möglich wäre, daß das Chaos nicht eintreffen würde. Als Godwein dann auch schon meinte: »Also, das verstehe ich nun nicht, weshalb ist der Himmel nun wieder frei und alles ist so ruhig und friedlich? Ob wir uns mit unserer Vorhersage doch geirrt haben? Aber wenn das der Fall wäre, würde ich mich gerne weiterhin als verrückter Professor einstufen lassen.«

Darauf konnte keiner eine Antwort geben, wir starrten nur immer wie gebannt auf die glänzende Stadt. Nach einiger Zeit meinte dann Viktor: »Vielleicht ist es auch nur die Ruhe vor dem Sturm, wie es doch immer so schön heißt.« Auch darauf folgte kein Kommentar, ich nickte nur mit dem Kopf, denn das waren auch meine Gedanken.

Wir standen immer noch am Geländer, als Roselli zu uns trat, denn sie hatte auf dem Tisch schon ein Tablett mit fünf Gläsern, dazu eine

Flasche Whisky gestellt und sie meinte, daß es gut wäre, wenn wir einen Schluck zu uns nehmen würden, deshalb setzten wir uns wieder. Ich hatte noch nie erlebt, daß Männer so gierige Hände bekommen würden, jeder wollte der Erste sein, die Flasche zu ergreifen, um die Gläser zu füllen. Ich glaube, es war der beste Alkohol, den ich je getrunken hatte, es war, als würde er uns wieder Leben einhauchen und dem überhitzten Körper wieder seine normale Wärme geben. Ich hätte nie gedacht, daß fünf Menschen, denn Roselli war natürlich auch mit eingeladen, in so kurzer Zeit fast eine ganze Flasche leeren könnten. Das Kuriose an der Sache war, daß eigentlich keinem der Alkohol in den Kopf gestiegen ist, aber trotzdem glaubten wir, daß der Alkohol unseren Körper in Schwung brachte, darum man manches lachhaft findet, was sonst mit Ernst behandelt wird. Plötzlich mußte ich lachen, es kam einfach so aus mir heraus, und als sie mich erstaunt ansahen, fragte mich Robert, was ich denn so lustig finden würde. Immer noch lachend erzählte ich dann die Geschichte von Sizilien, als uns Wenzel von den ›Faxorern‹ erzählte und wir uns in unserer Sektlaune beschwerten, daß sie nicht mit einem Raumschiff angekommen wären, um uns dann zum Hotel zurückbringen könnten. Sinnend setzte ich noch dazu, daß wir vielleicht auch heute ein Raumschiff brauchen könnten.

Leider wurde mit einem Schlag unserem Spaß ein Ende gemacht, denn ein ohrenbetäubender Knall zerriß die Stille. Als wir den ersten Schock überwunden hatten, sprangen wir gleichzeitig von den Stühlen hoch und starrten in die Richtung, von wo wir den Knall oder die Explosion vermuteten. Der Whisky hatte uns wahrscheinlich abgelenkt, weil wir nicht bemerkten, daß sich eine schwarze Wand über den Berg und über das Haus schob. Wir starrten wie gebannt darauf, als sich daraus wieder ein Blitz löste, der im Zickzack auf die Erde herunterraste. Ich schloß unwillkürlich meine Augen, um sie nach dem darauffolgenden erneuten Knall um so weiter aufzureißen. Es war, als ob der erste Knall der Startschuß gewesen wäre, um das Inferno einzuleiten. Als im letzten Jahr in Deutschland das Regenchaos mit Blitz und Donner eingeleitet wurde, glaubten wir damals, daß so etwas noch nie dagewesen wäre, das heißt, so lange wir auf der Welt waren.

Aber das war nur ein Abglanz von dem, was sich hier nun abspielte. Mit einem Schlag wurde es fast dunkel und wie auf Kommando wurde es in der Stadt hell, denn wie von Geisterhand wurde die auf Dunkelheit programmierte Straßenbeleuchtung und die Reklamen eingeschaltet. Aus der immer noch dunkler werdenden Wolkenwand tummelten sich die Blitze wie Schlangen kreuz und quer darin, oder sie schossen senkrecht auf die Erde nieder, als wollten sie Kaninchen töten. Auch wir starrten wie hypnotisierte Kaninchen in den Himmel und dann wieder auf die Stadt, denn man glaubte, daß sich die Blitze in den Neonreklamen spiegelten, vielleicht war es auch umgekehrt, es war ein faszinierendes Schauspiel. Das Eigenartige daran war, genau wie damals auf Sizilien, als die Riesenwelle auf die Insel zurollte, kein Lüftchen rührte sich, nur die immer drückendere Schwüle drückte uns fast zu Boden, dabei löste sich auch kein Tropfen Regen aus den Wolken.

Plötzlich meinte Godwein, daß er nach Hongkong hinunter fahren möchte, vielleicht gibt es doch noch eine Möglichkeit, die Leute vom Hafen zu überzeugen, daß sie sich auf den Berg retten sollten. Natürlich waren wir entsetzt und wollten ihn zurückhalten, besonders Roselli klammerte sich an ihn, wahrscheinlich standen sie sich doch näher, als wir wußten, aber alles bitten und betteln nützte nichts. Als sich Viktor ihm dann anschließen wollte, war er natürlich auch dagegen und meinte, daß er auf uns aufpassen sollte, außerdem würde er bestimmt wieder zurückkommen. Als er uns umarmt hatte, rannte er buchstäblich zur Tür hinaus, als hätte er Angst, doch wieder umzukehren. Wir hörten dann nur noch das Auto wegfahren und starrten uns entgeistert an, denn damit hatten wir nicht gerechnet. Als dann auch noch Roselli im Haus verschwand, standen wir uns etwas einsam gegenüber. Momentan kam ich mir sehr hilflos vor, denn schließlich hatte er uns ja eingeladen und nun ließ er uns alleine und wir konnten sehen, wie wir mit allem fertig werden. Momentan stieg Ärger in mir hoch, nicht über ihn, sondern über mich, denn ich haderte mit mir selbst, weil ich mich auf die ganze Geschichte einge-lassen hatte. War es wirklich nur berufliches Interesse, oder war Neu-gierde der Beweggrund, oder der Glaube, daß es nicht geschehen würde? Aber er war so schnell, wie er gekommen war, verschwun-den, denn weiter darüber nachzudenken, hatte ich keine Zeit mehr.

Ein eigenartiges Geräusch, das sich anhörte, als würden in einem Orchester die Instrumente gestimmt und jeder Musiker improvisiert seine eigene Melodie, das dann zu einem Tönegemisch emporstieg, bis nur noch ein einziger, wie aus einer Trillerpfeife schriller Ton exi-stierte. Wir hielten uns automatisch die Ohren zu, denn man dachte, daß einem dabei das Trommelfell platzen würde. Mir kam dann nur noch in den Sinn, daß Tiere, die ein viel feineres Gehör als wir Men-schen haben, dabei durchdrehen müßten. Das nur kurz andauernde klagende Geheul der Hunde war dann auch gleich die Bestätigung. In das Tongemisch mischte sich dann das leise Säuseln des Windes, der nun von Minute zu Minute stärker wurde, und bevor wir über-haupt reagieren konnten, fegten die Windböen über das Haus hin-weg. Als erstes wurden die leichten Stühle auf der Terrasse umgelegt, als wären es Streichhölzer. Wir standen wieder am Geländer der Ter-rasse, deshalb hielten wir uns mit aller Gewalt dort fest. Wir sind zwar alle keine Leichtgewichte, aber ich hatte das Gefühl, daß mich der zum Sturm ansteigende Wind vom Boden hochheben würde. Von sanften Tönen und Säuseln war nun nicht mehr die Rede. Es war, als ob ein brüllendes Ungeheuer über uns hinwegraste und eine Ver-ständigung war nicht mehr möglich. Viktor, der links von mir stand, nahm nur meinen Arm und deutete auf Robert und das Haus, wir umklammerten uns, und in gebückter Haltung strebten wir der Tür zum Wohnzimmer zu, als wir es mit letzter Kraft geschafft und die Schiebetür geschlossen hatten, standen wir schweratmend und in Schweiß gebadet im Zimmer und beobachteten die von Sturm gelö-sten Gegenstände, die durch die Luft wirbelten.

Als wir uns beruhigt hatten, meinte Robert: »Nun sollten wir halt wissen, ob es besser ist, wenn wir im Hause bleiben, oder ob wir uns doch im Freien auf der Wiese hinter dem Haus legen sollten. Wenn der Sturm das Haus wegfegt, denn ich glaube, sehr stabil ist es nicht gerade, kommen wir nicht mehr heraus. Auf der anderen Seite können uns im Freien Gegenstände treffen, oder der Sturm fegt uns hinweg.« Aber darauf konnte keiner seine Meinung äußern. Selbst wenn wir gewollt hätten, hätten wir das Haus nicht mehr verlassen können, denn der Sturm entfaltete immer mehr seine Kraft und Stärke und weitete sich zu einem Orkan aus. Ich konnte zwar nicht feststellen, was der Unterschied zwischen Sturm und Orkan ist, denn ich hatte beides noch nicht erlebt, die Bezeichnungen waren für mich nur Worte aus den Schlagzeilen und Nachrichten. Langsam wurde es wieder heller, denn der Sturm fegte die Wolken vom Himmel, dabei hatten sie keine Möglichkeit mehr, sich zu entladen und es fiel immer noch kein Tropfen Regen. Wir starrten daher wie gebannt durch die Tür auf die Stadt, und sie schien schon wie tot und ohne Leben dazuliegen. Dabei stieg Angst in mir hoch, was wohl mit Godwein werden würde und mit einem Schlag wurde mir klar, daß wir ihn vielleicht nicht mehr wiedersehen würden. Vielleicht wollte er dabei sein, wenn die Stadt untergeht, um sich dann über die Menschen lustig zu machen, die ihm nicht glaubten.

Plötzlich hatte ich das Gefühl, als ob ich nicht mehr ruhig auf den Füßen stehen konnte, obwohl mich Robert doch fest im Arm hielt, ich zitterte, aber es kam nicht aus meiner Seele, weil ich Angst hatte. Viktor schrie dann nur »hinlegen« und wir sanken auf den Boden. Nun spürte ich, daß nicht meine Füße unsicher waren, sondern daß der Boden schwankte und vibrierte. Ich schrie nur noch: »Ein Erdbeben, mein Gott, ein Erdbeben!« Dabei wollte ich wieder hochspringen, denn es herrschte nur ein Gedanke in mir, raus aus dem Haus. Aber Robert und Viktor hielten mich zurück und drückten mich wieder auf den Boden. Ich gab dann keinen Laut mehr von mir, irgendwie schaltete ich ab, als ob jemand den Stecker aus der Musikbox gezogen hätte, ich war ruhig, als hätte ich keine Spannung mehr in mir. Ich hörte nur noch das Klirren der Gläser im Schrank und ich mußte plötzlich an Weihnachten denken, wenn mein Vater mit der Glocke bimmelte, daß wir in das Zimmer durften, weil das Christkind da war. Dann lachte ich los, als wäre alles nur ein Lustspiel, dem aber alsbald die Tränen folgten. Dabei sprach keiner ein Wort, denn sie wären auch sinnlos gewesen.

Die beiden Männer hatten immer noch ihre Arme um mich geschlungen, als wieder ein gewaltiger Explosionsknall uns hochfahren ließ. Dabei spürte ich, daß der Boden wieder fest unter meinen Füßen stand und daß das Geräusch des Sturmes leiser geworden ist, als wollte er sagen, ich habe meine Arbeit getan. Wir strebten dann gleichzeitig zur Tür und wären fast mit dem Kopf hindurch gerannt, denn wahrscheinlich hatten wir den gleichen Gedanken, die Explosion hätte das Haus getroffen und würde zusammenstürzen. Viktor riß sie dann auf und stürmte auf die Terrasse und wir hinter im her. Als wir uns dann umdrehten, stand das Haus genauso ruhig wie immer. Dann erst traten wir an das Geländer und sahen auf die Stadt. Ich glaube, ich hätte keinen Tropfen Blut mehr gegeben, denn es war, als wäre es gefroren und ich starrte nur bewegungslos in die Tiefe. Ich glaube, in solchen Schreckminuten wäre man nicht mehr fähig, um sein Leben zu laufen. Ich hatte nur einen Gedanken im Kopf, mein Gott, Godwein, du hattest recht. Der Explosionsknall kam daher, daß durch das Erd- oder Seebeben das Meerwasser hochgeschleudert wurde und nun auf das vom Schmutz beschwerte Hafenwasser traf und wie er voraussagte, wie an einer Mauer abprallte und in einer riesigen Fontäne sich über den Hafen und die Stadt ergoß.

Nachher konnten wir nicht mehr sagen, wie lange es dauerte, bis das ganze Gebiet, das wir im Blickfeld hatten, nur noch eine einzige Wassermasse war, aus denen nur noch die letzten Stockwerke der Hochhäuser ragten. Nach dem vorhergegangenen Getöse, war die nun herrschende Stille direkt unheimlich. Wir standen immer noch wie angeklebt und starrten auf das Wasser, als uns eine Stimme aus unserer Erstarrung löste. Es war Roselli, die wir völlig vergessen hatten, denn sie hatte ja mit Godwein die Terrasse verlassen. Sie hielt wieder eine Flasche Whisky in der Hand und meinte, daß uns durch den Schock vielleicht kalt geworden wäre, und ob sie nicht ein Glas einschenken dürfte. Dazu kam sie aber nicht mehr, denn ich riß ihr einfach die Flasche aus der Hand, und da sie schon geöffnet war, setzte ich sie an die Lippen, als wäre es eine Bierflasche und sog in gierigen Schlucken die Flüssigkeit in mich hinein und reichte sie dann Viktor weiter, der genau wir Robert, keine Hemmungen hatte, sich zu bedienen. Diesmal löste der Alkohol ganz bestimmt unsere Zunge, denn wir fingen alle gleichzeitig zu reden an. Zuerst wollten wir wissen, wo sie denn gewesen wäre? Sie erklärte uns dann, daß sie sich im Keller versteckt hätte, so hätte ihr es Godwein gesagt, dabei liefen ihr Tränen über die Wangen, denn ihr war genau wie uns klar, daß sich vielleicht Godwein nicht mehr rechtzeitig in Sicherheit bringen konnte. Ich ging dann auf sie zu, nahm sie einfach in den Arm und wir klammerten uns aneinander, als ob auch unsere letzte Stunde gekommen wäre, vielleicht war es auch so? Robert und Viktor sahen uns mit wäßrigen Augen zu, und erst als ich wieder zu ihnen trat, starrten wir wieder schweigend auf das Wasser, das in der Abenddämmerung wie Tinte aussah, denn alle Lichtquellen waren ja verschwunden.

Im Zeitlupentempo, als ob eine Riesenhand Gegenstände an die Oberfläche befördert, schwammen immer mehr Holzteile, Papier, Plastik, alles, was leichter war als Wasser, auf dem nun einzigen Meer. Als dann die Dunkelheit endgültig hereinbrach, der Mond sich langsam am Horizont emporschob und sich im Wasser spiegelte, konnte man an eine romantische Nacht denken.

Aber die Romantik hielt nicht mehr lange an, denn die ersten Lichter von Flugzeugen blitzten auf und das Geknatter der Hubschrauber durchbrach die Stille und es war, als ob sie damit die Starre der Menschen löste, deshalb wurde auf der Straße vor unserem Haus das Stimmengewirr immer lauter. Sie rannten alle den Berg hinunter, wahrscheinlich in der Hoffnung, Verwandten oder Bekannten helfen zu können. Das Unheimliche daran war, daß alle mit Taschenlampen und sogar mit Kerzen unterwegs waren, denn die Stromversorgung ist natürlich ausgefallen und man an eine Lichterprozession zu Ehren Gottes erinnert wurde. Wir stellten die Stühle und den Tisch, den der Sturm umgeworfen hatte, wieder auf. Stellten die Kerzen darauf und

Viktor versuchte auf dem Radio einen Sender zu empfangen, der vielleicht schon etwas über die Katastrophe brachte.

Aber wir mußen fast eine Stunde warten, bis eine aufgeregte Stimme immer wieder nur die Sätze: »Hongkong ist untergegangen – eine Riesenwelle hatte die Innenstadt völlig unter Wasser gesetzt«, durch den Äther jagte. Als dazwischen Roselli eine Platte mit belegten Broten auf den Tisch stellte, dazu eine Flasche Wein, wollten wir zuerst abwinken, aber man sollte es nicht glauben, wir griffen dann automatisch zu, obwohl ich heute nicht mehr sagen könnte, was ich eigentlich gegessen hatte.

Langsam wachten alle Sender auf und berichteten von dem Inferno. Darunter war sogar ein Reporter, der meinte, daß das nun doch eingetroffen wäre, worüber Prof. Godwein Blake immer gewarnt hätte, nun käme aber die Einsicht leider zu spät. Trotzdem waren auch wir der Meinung, selbst wenn sie die Warnung geglaubt hätten, es hätten niemals alle Menschen aus der Stadt herausgebracht werden können. Aber vielleicht haben es doch welche geglaubt und sich in das Innere der Insel geflüchtet, Glück für sie.

Die Luft war immer noch von den Geräuschen der Hubschreiber erfüllt, sie konnten aber auch nichts mehr ausrichten, sie drehten ihre Runde und flogen wieder ab. Einige landeten auf dem Berg, wahrscheinlich waren es Sanitätsmannschaften, um eventuelle Verletzte zu versorgen.

Die Kerzen waren bereits heruntergebrannt, aber wir wollten keine mehr anzünden, denn die Dunkelheit mit den sehr klar funkelnden Sternen, als würden sie mit Sidol geputzt und dem leuchtenden Mond, der, wie ich mir schon öfter einbildete, uns frech angrinste, beruhigten doch unsere strapazierten Nerven. Wir saßen daher immer öfter schweigend, jeder in Gedanken versunken, nur Roselli saß mit verschlungenen Händen, als ob sie beten würde an der Tür, wahrscheinlich hoffte sie auch, daß Godwein zurückkommen würde und sie dann die Erste wäre, die ihn in die Arme nehmen könnte.

Die Schwüle hatte der Sturm mitgenommen und eine angenehme Wärme war wieder zu spüren. Ohne es auszusprechen, warteten wir auf Godwein. In mir lebte nur der Gedanke, wenn er auch ein Stimmenempfänger war, dann wußte er ja, wenn er sich in Sicherheit bringen muß, denn die ›Faxorer‹ können es sich doch nicht leisten, ihren Verbindungsmann zu verlieren. Als uns damals auf Sizilien Wenzel prophezeite, daß wir immer wieder mit Menschen mit der Stimme, wie er uns damals erklärte, von einer anderen Galaxi dem ›Faxorer‹ Kontakt mit uns Erdenbewohnern aufgenommen haben, kennenlernen würden, hatten wir keine Ahnung, daß auch Katastrophen damit verbunden sind. Langsam streikte mein Körper und ich wußte nicht, ob ich nur die Augen geschlossen hatte, oder ob ich eingeschlafen bin. Ich schreckte dann erst hoch, als Roselli immer wieder »Godwein« schrie, dabei brauchte ich bestimmt Sekunden, bis ich wußte, wo ich war. Ich starrte dann genauso wie Robert und Viktor auf Godwein, der durch die Tür auf die Terrasse trat. Bis wir begreifen konnten, daß er wirklich zurückgekehrt ist, hing Roselli schon an seinem Hals und ihre zuckenden Schultern ließen ahnen, daß sie weinte, dabei konnte auch ich meine Tränen nicht mehr zurückhalten und hielt dabei nur Roberts Hand fest, denn sonst hätte ich alle beide sofort umarmt, was ich dann aber nachholte. Nachdem wir Frauen uns ausgetobt hatten, ich glaube, so konnte man es schon nennen, und unsere Tränen getrocknet hatten, löcherten ihn Robert und Viktor schon mit Fragen.

Roselli war dann mit einem Schlag wieder Haushälterin, sie drängte ihn auf einen Stuhl und schenkte den Rest des Weines in ihr Glas und reichte es ihm, das er dann in einem Zug leerte. Stillschweigend verschwand sie und kam mit einer neuen Flasche, einem weiterem Glas und einem Teller mit belegten Broten wieder zurück. Als die Gläser dann gefüllt waren, tranken wir uns nur schweigend zu, und ich glaube, dabei hatte jeder seinen eigenen Wunsch, den er sich dabei hinunterspülte. Mein Wunsch war, daß wir die Insel so schnell wie möglich verlassen könnten, aber Wünsche gehen nicht immer sofort in Erfüllung.

Godwein erzählte uns dann, daß er nur ein Stück mit dem Auto gefahren wäre, es dann stehen ließ und zu Fuß weiter gegangen wäre. Seine Bemühungen, den Menschen noch kurzfristig klar zu machen, daß sie in Gefahr sind, schlug zuerst fehl, selbst bei der Polizei konnte er sich nicht durchsetzen. Er versuchte dann bis zum Hafen zu kommen, was ihm aber nicht gelang, denn die Menschen schwirrten in der Stadt schon wie hilflose Ameisen, in deren Bau man mit Stöcken herumgestochert hatte, und sie nicht mehr wissen, was oben und unten ist, herum.

Aber dann hätte er doch noch Glück gehabt, ein Streifenwagen der Polizei mit jungen Polizisten hätte ihm dann doch noch geholfen. Sie fuhren mit ihm zu ihrer Dienststelle, die sich in der Nähe der Aussichtsplattform vom Viktoriapeak befand und sie wären sehr einfallsreich gewesen. Sie riefen sämtliche Polizeistellen an und erklärten ihnen, daß sie eine Bombendrohung erhalten hätten, denn wenn sie von der Stadt nicht die Millionen, die sie bis heute Abend gefordert hätten, erhielten, würden sie das ganze Hafenviertel hochgehen lassen. Das Geld hätten sie nicht erhalten, deshalb müßte man die Menschen um den Hafen evakuieren und das sehr schnell. Sie gingen sogar so weit, daß er ihnen einen Zettel mit der Drohung schreiben mußte, daß sie bei ihren Vorgesetzten abgesichert wären, was sie ja nun nicht mehr brauchen. Wie viele Menschen dadurch noch gerettet werden konnten, wußten sie natürlich nicht, denn das Erdbeben und die Flut kamen schneller, als er gedacht hatte. Daß dann alles drunter und drüber ging, könnten wir uns ja vorstellen.

Ich konnte mir das sehr gut vorstellen, denn auch bei mir ging alles drunter und drüber. Ich hatte nur den einen Wumsch, meine Augen zu schließen und wenn es mein strapazierter Körper, der durch die Aufregungen und durch den etwas reichlich genossenen Alkohol es noch schaffen würde, schlafen möchte. Diesmal stand ich mit meinem Wunsch nicht alleine da, sie wollten sich mir sofort anschließen, denn wir konnten ja nichts mehr tun, selbst wenn wir die ganze Nacht am Tisch sitzen würden.

Plötzlich sah uns Viktor der Reihe nach an und in seiner ruhigen Art meinte er dann: »Wie ihr wahrscheinlich schon gehört oder gelesen habt, steht in vielen Büchern, Gott würde sich an den Menschen rächen, er würde das Ende der Welt herbeiführen, denn die Menschheit müßte für ihre Sünden bestraft werden. Es wird Erdbeben geben, Stürme werden kommen, der Mond wird zu Blut werden und die Sonne schwarz sein. Wenn das Fenster geöffnet wird, wird es still sein, denn es ist alles Leben erloschen. Werden sich jetzt die Prophezeiungen schon verwirklichen? Sind die ›Faxorer‹ das auslösende Element? Oder wurden sie von Gott eingesetzt, um seine Rache an uns zu vollziehen? Aber das kann ich auch nicht glauben, denn warum sollten sie die Erde vernichten, wenn sie doch einmal hier leben wollen? Ich glaube, unsere Intelligenz ist zu klein, um das zu verstehen, oder werden es nur Menschen verstehen, die schon einen ›Faxorer‹ in sich haben, wie ihr glaubt?«

Was sollten wir darauf antworten, wenn sie als Experten vielleicht schon nicht mehr an Naturkatastrophen glaubten, sondern es höheren Mächten zuschrieben? Ich stand dann einfach auf, umarmte Godwein, Viktor und Roselli, wünschte ihnen eine gute Nacht, was zwar ein Witz war, denn der Morgen war schon näher als der Rest der Nacht, nahm Robert beim Arm und wir gingen auf unser Zimmer.

Kapitel 4

Etwas benommen erwachte ich nach einem traumreichen Schlaf, und als ich auf meinen Wecker blinzelte, war ich erstaunt, daß es schon 8.00 Uhr war. Momentan wurde mir wieder einmal nicht klar, wo ich mich befand, irgendwo plätscherte Wasser und es klapperten Eimer. Dann mußte ich doch grinsen, denn das wußte ich doch genau, daß wir nicht Urlaub auf einem Bauernhof machen und Milchkannen aufgeladen werden. Mit einem Blick zum Fenster wurde ich wieder in die Wirklichkeit zurückgebracht. Das Fenster war geschlossen, und die Scheiben beschlagen, deshalb fühlte ich mich wahrscheinlich nicht sehr gut, unserem Zimmerchen fehlte wohl der Sauerstoff. Als ich dann aufstand und Robert fragen wollte, warum er das Fenster geschlossen hätte, merkte ich, daß er noch schlief. Ich ging zum Fenster, und als ich es öffnete, sprangen mir Regentropfen ins Gesicht, die das Regeninferno auf das Fensterblech aufprallen ließen. Aber trotzdem konnte ich Godwein und Viktor beobachten, wie sie Kübel, Kochtöpfe und alles, was Wasser aufnehmen konnte, auf die Terrasse stellten. Es ist natürlich nicht nur der Strom, das Telefon, sondern auch die Wasserversorgung ausgefallen. Die Männer hatten auch schon gestern Abend ihre kleine Notdurft hinter den Bäumen verrichtet, um das Wasser für die Toilette zu sparen. Nachdem ich das Fenster wieder geschlossen hatte, ist Robert erwacht und erzählte, daß er es vor einer Stunde geschlossen hätte, denn da begann der Himmel seine Schleusen zu öffnen. Ich verstehe zwar nicht viel von Wetterregeln, aber ich konnte es nicht nachvollziehen, wo nach der sternklaren Nacht plötzlich die Wolken herkamen, um sich über uns auszutoben. Ich setze mich auf die Bettkante von Robert, am liebsten wäre ich wieder bei ihm unter die Bettdecke geschlüpft, aber ich konnte mir vorstellen, daß das Frühstück schon bereit stand, was dann auch der Fall war. Zum Glück hatten sie schon Kübel mit Wasser in das Bad gestellt, so konnten wir wenigstens das Gesicht und die Hände waschen, trotzdem kam ich mir ungewaschen und noch schlaftrunken vor, als wir herunterkamen.

Godwein und Viktor machten auch nicht gerade einen fröhlichen Eindruck, als sie dann meinten, daß dieser Regen nicht einkalkuliert war und das Chaos noch vervollständigen würden. Was von der Flut eventuell verschont geblieben wäre, wird nun wahrscheinlich von dem Regen vernichtet. Wir hatten noch keine Gelegenheit, einen Blick auf die Stadt zu werfen, denn erstens nahm einem der Regen die Sicht und weiter auf die Terrasse hinauszutreten, war nicht zu empfehlen, denn ohne Regenschutz wäre man in ein paar Minuten völlig durchnäßt. Der einzige Vorteil war, daß die Behälter in kurzer Zeit gefüllt waren und die Männer beschäftigt waren, das Wasser in die Badewanne und sonstige verfügbare Behälter umzuschütten.

Bei dem nun stattfindenden Frühstück, sie hatten auf uns gewartet, denn das Wasser dazu mußten sie auf einem Gaskocher, der mit einer

Propangasflasche betrieben wurde, heiß machen. Dabei kam die Unterhaltung nicht so in Schwung wie der Regen, der lautstark auf die Terrasse trommelte. Selbst die Hubschrauber hatten kurzfristig ihre Flüge eingestellt. Eigentlich hätte ich gerne gefragt, wie es nun weitergehen sollte, aber ich hatte Hemmungen, es zu tun, denn was hätten sie mir auch sagen können?

Ich hätte nie gedacht, daß ein paar Tage so lange sein könnten, wenn wir sonst unterwegs waren, ist die Zeit immer wie im Fluge vergangen.

Aber wahrscheinlich lag es daran, daß wir wieder zur Untätigkeit verdammt waren, nicht im Sinne, daß wir nichts zu tun gehabt hätten. Ich schrieb alles haargenau auf, denn ich mußte endlich die schauderhaften Ereignisse festhalten, deswegen sind wir ja schließlich hierher gekommen. Ich schrieb dann und schrieb, die Blätter füllten sich, dabei hatte ich nach jeder Seite das Gefühl, daß meine Angst und Anspannung von mir weicht, weil ich es mir von der Seele schreiben konnte.

Die Männer hielten sich die meiste Zeit im Labor auf, denn sie wollten alles analysieren, was eventuell mit der Katastrophe zusammenhängen würde. Dazu kam noch die Hilflosigkeit, daß das Wasser, das sich immer noch über der Stadt ausbreitete, nicht entfernt werden konnte.

Godwein und Viktor konnten sich auch nicht erklären, warum das Wasser nicht ins Meer zurückkehrt, daß dabei kein Mensch mehr gerettet werden konnte, war auch uns klar. Daß wir sozusagen von der übrigen Welt abgeschnitten waren, war auch nicht sehr aufbauend.

Unsere einzige Verbindung war das Radio, aber wir beide konnten nicht immer den Durchsagen folgen, denn das chinesisch-englisch verstanden wir nicht ganz, Godwein und Viktor konnten uns daher auch nur das Notwendigste übersetzen. Für die ganze Welt gab es nur das Chaos auf Hongkong und daß alle angrenzenden Länder alles tun werden, um den noch überlebenden Menschen zu helfen.

Godwein und Viktor waren dann doch etwas stolz, wenn man das in unserer Situation überhaupt sein konnte, als abermals ein Reporter meinte, daß man Professor Godwein nicht als verrückt hätte einstufen sollen und wenn man seinen Vorhersagungen Glauben geschenkt hätte, dann wären wahrscheinlich mehr Menschen mit dem Leben davon gekommen, und nun sind es schätzungsweise über eine Million, die in den Fluten den Tod gefunden haben.

Der unaufhörliche Regen ersetzte dann wirklich vier Tage die ausgefallenen Wasserleitungen. Manchmal mußten wir schon nachrechnen, was für einen Wochentag wir hatten, denn am Montag, den 2. November versank ja sozusagen die Stadt im Wasser und nun war bereits Donnerstag, und es war immer noch nur Wasser zu sehen. Endlich am Freitag hörte das Wassergeplätscher auf und wir konnten einige blaue Flecken des Himmels sehen. Wir nahmen es zum Anlaß, um uns Bewegung zu schaffen, indem wir den Berg hinaufgingen, obwohl immer einer zu Hause bleiben mußte, um eventuelle Plünderer abzuwehren.

Godwein hatte jedem von uns eine Trillerpfeife gegeben, die wir uns umhängen mußten, damit wir bei Gefahr Alarm geben konnten. Godwein und Viktor hatten eine Pistole griffbereit im Hosenbund oder unterm Kissen stecken. Die Menschen, die mit dem Leben davonkamen, waren ja auf das Chaos nicht vorbereitet und hatten nicht wie Godwein Lebensmittel gehortet. Es wurden zwar laufend Lebensmittel mit Hubschraubern angeflogen, aber wie überall auf der Welt, wenn es um das Überleben geht, nimmt keiner mehr auf den anderen Rücksicht, und der Stärkere will dann alles haben.

Ich war wieder alleine im Wohnzimmer und stand an der Tür und starrte auf den wieder einsetzenden, leichten nieselnden Regen, als ich mich wie von einer Tarantel gestochen umdrehte, denn ich konnte mir zuerst nicht erklären, wo das Geräusch herkam, denn es hörte sich an, als ob ein Telefon klingeln würde, aber die ganzen Verbindungen waren doch zusammengebrochen. Zuerst suchte ich einen

Wecker, der vielleicht das Geräusch hervorbrachte, aber es war keiner zu entdecken. Als ich dann doch dem Klang nachging, entdeckte ich auf dem Schrank das Telefon, das unter einer Zeitung lag. Ich meldete mich dann immer noch geschockt mit »Hallo«, als mich der Teilnehmer dann fragte, ob er mit Godwein sprechen könnte, rief ich nur immer aufgeregt »A moment please«, dabei rannte ich schon die Treppe hinunter ins Labor, wo sich die Männer wie immer aufhielten und schrie: »Godwein, das Telefon klingelt.« Dann rannten wir alle wieder ins Zimmer zurück. Wir konnten es immer noch nicht fassen, daß wir mit der Außenwelt wieder Kontakt hatten und starrten Godwein an, als ob wir die Worte aus ihm wieder herausziehen wollten, denn er antwortete immer nur mit ja oder nein. Als er dann den Hörer vom Ohr nahm, sah er etwas geistesabwesend aus, und wir hatten momentan nicht den Mut zu fragen, wer es denn gewesen wäre. Er schüttelte dann nur den Kopf, als wollte er etwas zurechtrücken, dabei sah er uns der Reihe nach an, als er dann meinte, daß wir nun wieder in die Zivilisation zurückgekehrt wären, denn der Anruf kam von einem Bekannten von der Insel Macau, der dort ein Spielkasino führen würde. Er erzählte ihm, daß sie zwar auch bis zu den Knöcheln im Wasser stehen würden, es aber keine wesentlichen Schäden gibt, und nur einige Todesopfer zu beklagen wären. Er meinte, wenn er zu ihm kommen möchte, er würde es einrichten können, denn er kennt die Mannschaft einiger Versorgungshubschrauber, die ihn mitnehmen würden, und er sollte sich melden, wenn er Hilfe brauchen würde.

Wir waren glücklich, wieder Kontakt zu haben, Godwein und Viktor waren sich sofort einig, daß sie hierbleiben würden, denn sie sind ja in Sicherheit und es würde in der nächsten Zeit bestimmt viel zu tun und zu untersuchen geben. Sie meinten dann aber, daß wir mitgenommen werden könnten, denn unsere Mission wäre ja nun beendet und wir könnten nichts mehr tun, schreiben würde ich auch zu Hause können. Es wurde dann verhandelt und immer wieder umdisponiert, bis dann endlich der Termin für unseren Abflug bereitstand, der dann am Montag, den 16. November sein sollte.

Als das Telefon wieder funktionierte, waren wir glücklich, unsere Bekannten in Deutschland anrufen zu können. Wir verständigten natürlich auch Martins Vater und sagten ihm, daß es uns soweit gutgehen würde und wir am Sechzehnten Hongkong verlassen würden. Er meinte dann nur, daß er es uns ja vorausgesagt hätte, daß uns nichts passieren würde. Er fragte nur, ob es nicht möglich wäre, daß wir nach Singapur fliegen könnten, um dort seine Schwiegertochter zu überzeugen, daß sie jetzt schon mit uns nach Deutschland kommen sollte.

So leid es uns tat, daß wir Godwein, Viktor und Roselli alleine zurücklassen mußten, im Innersten war ich dankbar, daß wir Hongkong verlassen konnten. Aber am meisten waren wir froh, daß wir in einem technischen Zeitalter leben durften, selbst wenn die Technik manchmal zusammenbricht, ganz ausschalten können wir sie nicht mehr. Irgendwer hat immer wieder den Mut oder den Einfall, eine Steckdose zu installieren, daß wieder Strom in die Leitungen kommt, selbst auf die Gefahr hin, daß wir uns vielleicht endgültig damit vernichten werden.

Als wir dann auf dem Berg standen und auf den Helikopter warteten, strömten Rosellis und meine Tränen um die Wette, obwohl dem Regen die Kraft ausgegangen ist und nur noch leichte Wolken den Himmel bedeckten, hatten wir noch viel Wasser in uns. Die Herren waren auch sehr still, denn sie empfanden wahrscheinlich genauso wie wir, denn das Chaos hatte uns sehr schnell zusammengeführt, und nun tat der Abschied doch weh, wenn wir es auch nicht glauben wollten. Nachdem der Hubschrauber dann in Richtung Meer flog, konnten wir erst das ganze Ausmaß des Unglücks übersehen, man konnte wirklich nicht mehr unterscheiden, wo das Land aufhörte und das Meer anfängt.

Auf Macau wurden wir mit einem alten Auto abgeholt, denn das Wasser war auch noch nicht ganz abgelaufen. Nun lief alles wie am Schnürchen, wir konnten sehr früh am anderen Morgen sofort nach Bangkok weiterfliegen, deshalb benötigten wir nicht einmal ein Bett, die paar Stunden konnten wir in einem Sessel verbringen, außerdem mußten wir dem Bekannten von Godwein alles ganz genau erzählen, denn Augenzeugen waren immer noch sehr rar, an Schlaf war somit nicht zu denken. Als er uns dann zum Flughafen brachte, konnten wir uns nur immer wieder bedanken, daß er alles so organisieren konnte, selbst den Flug hatte er schon bezahlt, deshalb luden wir ihn dann auch ein, einmal nach Deutschland zu kommen, um uns zu besuchen. Das versprach er dann auch, als wir ihm sagten, daß auch Godwein, Viktor und Roselli uns einmal besuchen würden.

Von dem zweistündigen Flug nach Bangkok bekam ich nicht sehr viel mit, ich bin einfach eingeschlafen, denn das Flugzeug, wahrscheinlich wurde alles eingesetzt, was noch flugtauglich war, schlingerte manchmal schon sehr durch die Luft. Aufgeatmet hatten wir erst, als wir in Bangkok gelandet waren. In weiser Voraussicht hatte ich mir alle Hotels, in denen wir auf unseren früheren Reisen übernachteten, aufgeschrieben. So konnten wir den Taxifahrer bitten, daß er uns in das Hotel ›Indra-Regent‹ fahren sollte, wo wir uns dann in dem großzügig eingerichteten Hotelzimmer nach einer ausgiebigen Dusche wieder etwas besser fühlten. Die Angst der vergangenen Tage lag zwar immer noch auf unserer Seele, aber sie war nun durch die Entfernung etwas leichter geworden.

Nach ein paar Stunden Schlaf wollten wir noch eine Stadtbesichtigung machen, dabei erhielten wir vom Hotel eine Adresse eines deutschen Reisebüros, denn wir wollten ja nach Singapur weiterfliegen und dann erst wieder nach München zurück, was sie dann auch alles bestens erledigen konnten, allerdings mußten wir zuerst unsere Erlebnisse erzählen. Dabei kam uns erst zum Bewußtsein, daß wir nun wieder mit Geld umgehen mußten, denn in den letzten Tagen hatten wir keines mehr gebraucht.

Kapitel 5

Natürlich hatten die letzten Wochen ihre Spuren hinterlassen und wir konnten uns noch nicht ganz in die Zivilisation einordnen, ich konnte es manchmal nicht glauben, daß ich nur den Wasserhahn aufdrehen muß und es kommt Wasser heraus, oder den Lichtschalter betätigen und es wird hell. Ich kann es mir nun lebhaft vorstellen, daß unsere Jugend nicht mehr auf die einfachsten Sachen verzichten möchte, von dem sonstigen Luxus gar nicht zu reden, denn auch wir haben uns in das System integriert. Nun konnten wir wenigstens mit Godwein telefonieren, dort herrschte zwar immer noch Dunkelheit, aber das Wasser zog sich langsam zurück und sie konnten mit den Räumungsarbeiten beginnen und nun befürchten, daß das ganze Ausmaß der Katastrophe erst zum Vorschein kommen wird.

Robert war noch nie in Bangkok, daher wollte ich ihm unbedingt die Sehenswürdigkeiten zeigen, die mich damals, als ich mit Peter hier war, schon so faszinierten und wieder der Fall war, als wir die Tempelanlagen besichtigten. Die Schönheit und der Einfallsreichtum der damaligen Menschen versetzten uns immer wieder in Erstaunen. Manchmal hielten wir uns nur bei der Hand, und wenn wir es auch nicht aussprachen, wir fragten uns innerlich, wie lange die Herrlichkeit noch erhalten bleiben wird, und ob die Ausbeuter der Erde auch hier ihre Zähne zeigen würden, wie wir ja nun hautnah erleben mußten. Verzicht wird nicht mehr groß geschrieben, wahrscheinlich wären wir ohne unsere Technik nicht mehr lebensfähig, ist deshalb der Untergang der Erde schon vorprogrammiert?

Wir machten natürlich auch eine Glong-Fahrt durch die Kanäle von Bangkok, aber mir kam mir die Fahrt nicht mehr so romantisch vor als das erste Mal, ich sah diesmal alles mit anderen Augen, denn der Zerfall war nicht zu übersehen. Daß die Stadt schon nicht mehr atmen kann, denn der Smog ist noch dichter geworden, mußte ich leider auch feststellen. Einen Vorteil hatte die Flut in Hongkong, die Luft war wieder frisch und rein. Wenn es nicht bizarr und gottlos wäre, könnte man sich wünschen, daß auch hier wieder frische Luft weht.

Die Tage rannen uns durch die Finger, und als wir wieder am Flughafen standen, konnten wir es nicht glauben, daß wir eine ganze Woche hier waren. In Singapur hatten wir Glück, der Taxifahrer fuhr uns auf dem kürzesten Weg in das ›Ming Court Hotel‹, in dem wir auch damals abgestiegen waren, und mir damals schon gut gefiel, denn von dort ist es nur ein Katzensprung zur ›Orchard Road‹, dem dortigen Einkaufszentrum. Da es schon später Nachmittag war, wollten wir Karin nicht mehr anrufen und machten deshalb einen Bummel durch die Stadt. Ich konnte die Vielfalt der angebotenen Ware noch nicht richtig registrieren, irgendwie wirkte auf mich alles wie eine leblose Kulisse, denn mein geistiges Auge sah immer nur Wasser, in dem vielleicht auch hier einmal alles untergehen würde. Ich versuchte zwar die Gedanken zu verdrängen, um mich von dem Zauber der Stadt gefangennehmen zu lassen.

Wir kehrten dann in das Hotel ›The Dynasty‹ ein, um wieder einmal ein gemütliches Abendessen zu genießen, obwohl der Wein dort sehr teuer ist, genehmigten wir uns eine Flasche. Alkohol läßt zwar die Probleme nicht verschwinden, aber er löst manchmal die Spannung, was wir in Hongkong auch festgestellt hatten und auch diesmal der Fall war. Es wurde ein fröhlicher und angenehmer Abend, wir schafften es abzuschalten, und uns der exotischen Stimmung hinzugeben und das in jeder Beziehung, denn nun mußten wir ja unsere Ängste nicht mehr abreagieren.

Am anderen Morgen strapazierten wir unsere Geldbörse, denn wir nahmen Verbindung mit unseren Bekannten und mit Martins Vater in Deutschland auf. Er war sehr froh, daß wir seinen Wunsch berücksichtigt haben und nun in Singapur sind, was er natürlich nicht wußte, daß es auch immer schon mein Wunsch war, wieder hierher zu kommen. Er gab uns noch einmal die Telefonnummer von Karin und meinte, daß er sie schon vorbereitet hätte, daß wir wahrscheinlich kommen würden. Daß wir auch Godwein nicht vergaßen, war schon selbstverständlich. Bei ihnen hätte sich nichts verändert, das Wasser zieht sich langsam immer weiter zurück, und die Schäden

kann man nun jeden Tag im Fernseher mitbekommen. Das Unangenehme war, daß Viktor erhöhtes Fieber hätte und sich vielleicht einen
Virus eingehandelt hat, denn die Ansteckungsgefahr steigt auch von
Tag zu Tag. Nach dem Gespräch hielt mich Robert nur fest im Arm,
denn er wußte sofort, was ich dachte, und er beruhigte mich und
meinte, daß wir bestimmt keinen Virus mitbekommen hätten. Aber
ich spürte, daß er auch nicht so sicher war, wie er sich gab, er meinte
nämlich noch, daß wir wenigstens hier ärztliche Hilfe hätten und
wenn Karin mitfliegen würde, wären wir ja in den besten Händen.

Als wir sie dann erreichten, war sie sehr erfreut und wollte dann
um 17.00 Uhr zu uns ins Hotel kommen und wir sollten an der Bar
auf sie warten. Wir nützten dann die Zeit bis dahin für einen Bummel
durch den ›Tiger Balm Gardens‹, der 1937 angelegt wurde. Er läßt
durch die riesigen Steinfiguren, den bunten Reliefs sowie Grotten
und Pagoden die Pracht der chinesischen Sagenwelt lebendig werden.

Danach warteten wir wie abgemacht an der Bar auf Karin, da wir
sie noch nie gesehen hatten, blickten wir dann gespannt durch den
Raum, aber ich konnte nirgends eine einzelne Frau entdecken, es war
nur eine mit einem etwa achtjährigen Kind zu sehen, die sich auch
neugierig umsah, dann auf uns zustrebte und fragte: »Entschuldi-
gung, sind Sie Gudrun und Robert?« Etwas erstaunt starrten wir sie
wohl beide an, als sie sich dann als Karin Bauer vorstellte und der
Junge wäre Juri, ihr Sohn. Als sie uns fragte, ob es uns recht wäre,
wenn sie uns in ihre Wohnung mitnehmen würde, das Taxi stehe
noch vor der Tür, waren wir sofort damit einverstanden.

Auf der Fahrt drehte sich das Gespräch um das Geschehen in
Hongkong. Außerdem versuchte ich nachzurechnen, daß sie minde-
stens schon über 50 Jahre sein mußte, wie konnte sie da noch ein
Kind haben?

Bei ihr angekommen meinte sie, daß wir uns zwar noch nie begegnet wären, aber Martin hätte ihr von uns erzählt und daß durch uns
ihr Schwiegervater von dem Vorwurf des Verrücktseins entlastet
wurde, glaubte sie, daß wir uns mit Vomamen und mit ›Du‹ anreden

sollten. Ich umarmte sie dann und meinte, daß wir uns darüber sehr freuen würden. Ihr Sohn, der sehr gut deutsch sprach, entschuldigte sich, weil er noch etwas auf dem Computer zu erledigen hätte, außerdem wüßte er ja, was Mama uns zu berichten hätte. Da wir uns für Wasser als Getränk entschieden hatten, konnte sie mit ihrer Geschichte sofort anfangen.

Sie meinte, das mit ihrer Ehe hätten wir ja noch mitbekommen, außerdem hätte ihr Schwiegervater mein Buch geschickt und bestätigt, daß alles darin stimmen würde und wir über die ›Faxorer‹ Bescheid wüßten. Sie hätte sich nun doch entschlossen, früher als geplant zurückzukehren, es würde zwar nicht sofort sein, denn sie müßte erst alles auflösen und einpacken, was sie mitnehmen möchte. Ich beobachtete dabei immer wieder ihren Sohn, der an seinem Computer mit einer Ernsthaftigkeit arbeitete, daß ich ihn direkt beneidete. Ich schreibe ja nun auch einige Jahre damit, aber ganz habe ich die Technik noch nicht aufgenommen und es passieren mir immer wieder Pannen, die Norbert dann wieder ausbügelt. Karin bemerkte wohl meine Blicke, als sie lachend meinte, daß wir uns wohl wundern würden, wie sie mit ihren 56 Jahren noch zu einem Kind kommt, aber das wäre sehr einfach gewesen, es ist nicht ihr leibliches, sondern sie hat ihn von seinen Eltern übernommen, denn sie möchten, daß er in Europa aufwächst. Da wir ja über alles Bescheid wüßten, sollten wir auch die Wahrheit erfahren. Juri wird erst im Februar fünf Jahre, aber er würde älter aussehen, und ist auch für sein Alter sehr intelligent und den anderen Kindern weit voraus. Nach einer kleinen Pause, sie wollte wohl, daß wir uns von dem Schock erholten, erzählte sie weiter.

Seine Eltern haben beide einen ›Faxorer‹ in sich, sie sind nach unserem Gesetz nicht verheiratet, deshalb war es leichter, das Kind zu adoptieren, was hier so keine Schwierigkeiten macht. Seine Mutter wäre Engländerin, sein Vater ist in Rußland geboren und lebte schon länger hier in Singapur. Sie sind nun wieder getrennt auf Reisen, um sich mit anderen ›Faxorer‹-Betroffenen zu vereinen, um wieder Kinder zu zeugen oder auszutragen. Wieder lachend meinte sie, daß sie

154

nun doch noch in den Reigen mit einbezogen wurde, indem sie nun die ausgereifte Frucht der ›Faxorer‹ in Obhut nehmen darf. Bei unserer Unterhaltung merkten wir nicht, daß Juri sich neben uns auf den Boden gesetzt hatte, uns mit seinen dunklen Augen ansah und ganz schüchtern fragte: »Würdet ihr mich vielleicht zu meinem Opa mitnehmen, dort soll es ja hohe Berge geben und große Wiesen mit grünem Gras und Blumen darin?« Ich schaute nur Robert an, denn ich wußte nicht, was ich darauf antworten sollte, denn wenn es nur ein Wunsch von ihm wäre, ob dann Karin damit einverstanden wäre. Aber zu einer Antwort kamen wir nicht mehr, denn sie meinte, daß es ihr sehr helfen würde, wenn wir Juri mitnehmen könnten. Wenn sie hier alles auflösen muß, würde es sehr ungemütlich werden und die letzten Tage vor ihrem Abflug würde sie dann in der Klinik übernachten und da könnte sie ihn nicht mitnehmen. Nun war es für uns selbstverständlich, daß wir ihn zu seinem Großvater, der sich bestimmt schon freute, daß er noch zu einem Enkel gekommen ist, und uns bestimmt deswegen hergeschickt hatte, mitnehmen würden. Daraufhin umarmte uns Juri und ganz leise murmelte er, daß es dort auch Kühe und Pferde geben sollte. Dabei konnte er sich vor Freude gar nicht mehr beruhigen, trotzdem drängte er sich an Karin und sagte: »Mama, du kommst aber ganz bestimmt auch zu Opa?« Was sie dann immer wieder bestätigte.

Die sechs Tage, die wir noch in Singapur verbringen konnten, waren ein einziges Erlebnis. Karin hatte nicht sehr viel Zeit, denn sie mußte auch in der Klinik alles für ihren Weggang ordnen. Aber wir hatten ja Juri, er war der beste Fremdenführer, den man sich vorstellen konnte. Er sprach natürlich auch englisch und beherrschte die dortige Landessprache. Wir waren immer wieder erstaunt über seine Kenntnisse der Architektur, Brauchtum und Religion der Insel. Außerdem hatte er eine Kondition, daß wir ihn öfter bremsen mußten, weil wir schon erschöpft waren und eine Ruhepause brauchten.

Der Botanische Garten durfte bei der Besichtigung nicht fehlen, von dort ging es dann zum Park mit dem Merlin, dem Wahrzeichen von Singapur, danach zum ›Maunt Faber‹, dem Aussichtspunkt über die Stadt und dem Hafen. Die vielen chinesischen Tempel konnte man sich gar nicht alle merken. Nicht vergessen konnten wir allerdings den Sri Mariamman-Tempel aus dem Jahre 1862/63 mit seinen farbenprächtigen Skulpturen und er wird auch heute noch von den Hindus benützt. Daß Singapur die sauberste Stadt ist, braucht man nicht zu betonen, das ist wohl allgemein bekannt, und es stimmte. An einem Abend, als Karin dann mitkommen konnte, führten sie uns zu dem Buddha im Tempel der tausend Lichter, er ist 1927 von einem Thai-Prister gegründet worden. Die Statue ist 15 Meter hoch und wird allabendlich von den tausend Lichtern erstrahlt, was ein faszinierendes Schauspiel ist. Sonst trafen wir uns erst immer zum Abendessen, an dem auch Juri teilnehmen durfte, denn dort müssen Kinder nicht so früh ins Bett. Dabei fragte er uns die Seele aus dem Leib, denn er wollte alles über unser Leben wissen und was wir von Europa zu erzählen hatten. Selbstverständlich hatte er auch mein Buch gelesen, deshalb fühlte er sich wohl besonders zu mir hingezogen, denn dadurch konnte er sich ja seine Herkunft erklären. Er versuchte, wenn es möglich war, meine Hand festzuhalten, was doch an ein weltliches Kind erinnert, das Nähe und wahrscheinlich auch Liebe sucht und braucht.

Als wir wieder einmal müde ins Bett fielen, meinte ich zu Robert: »Wenn einmal die Generation von Juri die Erde beherrscht, wird vielleicht alles wieder ins rechte Lot kommen.«

Robert murmelte dann nur noch: »Ja, du und deine ›Faxorer‹ werden schon alles arrangieren«, dann war er auch schon eingeschlafen.

Am Dienstag, den 26. November, als uns Karin zum Flughafen brachte, waren wir alle etwas unruhig, denn keiner wollte eingestehen, daß wenn wir uns auch bald wiedersehen würden, doch traurig waren, daß wir Abschied nehmen mußten, denn wir hatten auch noch nicht alles gesehen und für sie war es immerhin ihre jetzige Heimat, von der sie nun gehen mußten. Aufgeregt war nur Juri, dessen erster Flug es war und er wollte immer wieder wissen, ob er auch ins Cockpit gehen dürfte, denn er möchte auch einmal Pilot werden.

Als wir in München landeten, waren wir beide froh, daß wir den langen Flug hinter uns hatten. Juri konnte sich nicht beruhigen, daß hier alles weiß wäre, wo Mama doch versprochen hätte, daß die Wiesen alle grün wären. Es dauerte etwas länger, bis er begreifen konnte, daß es bei uns mehrere Jahreszeiten gibt und dieses nun der Winter wäre und wenn es schneit, dann wären die Wiesen weiß, aber er würde es ja miterleben, wenn sie wieder grün sind.

Juri blieb dann noch ein paar Tage bei uns in München, bis wir ihn zu seinem Großvater brachten. Wir zeigten ihm natürlich unsere Stadt, aber er fand sie nicht sehr schön, erstens würde es keine Tempel geben und die Häuser wären alle so klein, da würde er sich wie ein Riese vorkommen. Das einzige, was ihn in der kurzen Zeit begeisterte, waren Schweinswürstel mit Sauerkraut, die konnte er am Tag dreimal essen.

Nachdem wir Juri dann zu seinen Großeltern brachten, war er wahrscheinlich glücklich. Er umarmte die Familie, als wäre er schon immer bei ihnen gewesen und nur ein paar Tage unterwegs war. Wenn auch alles voller Schnee war, die hohen Berge beeindruckten ihn trotzdem und er wollte immer wieder wissen, ob man auch dort hinaufkommen könnte, man würde bestimmt über das ganze Tal sehen können. Wir mußten ihm dann klarmachen, daß er warten müßte, bis der Schnee etwas geschmolzen wäre, dann erst die Berge besteigen könnte, das heißt, wenn sein Großvater jemanden findet, der ihn mitnehmen würde, denn wir sind keine begeisterten Bergsteiger.

Karin schaffte es dann doch noch, daß sie am 20. Dezember abfliegen konnte und mit Juri und der Familie in der Heimat Weihnachten feiern konnte. Auch wir wurden herzlichst eingeladen, das wir gerne annehmen.

Diesmal wurde es wirklich eine weiße Weihnacht, denn der starke Schneefall in der Nacht gab dem schon liegenden Schnee wieder eine weiße Pracht. Am Heiligen Abend konnte Juri nicht verstehen, daß das Wohnzimmer abgesperrt war und er nicht hinein konnte, er konnte sich unter Christkind und Weihnachten nichts vorstellen, obwohl auch in Singapur die Stadt weihnachtlich geschmückt ist, aber der Zauber der Berge und des Schnees fehlt einfach.

Nachdem sich die Dunkelheit breit gemacht hatte, standen wir erwartungsvoll vor der Tür, als Rita mit dem Glöckchen klingelte und die Tür öffnete, daß wir den Raum betreten konnten, standen nicht nur Juri, sondern auch wir mit leuchtenden Augen vor dem beleuchteten Tannenbaum. Ich glaube, jeder vergaß in diesem Moment seine Ängste, denn es war, als ob die sorglose Kindheit wieder erwachte.

Plötzlich trat Juri nahe an den Baum heran, kniete sich nieder, hob die Arme seitwärts hoch und fing dann zu singen an. Zuerst etwas zaghaft, dann wurde seine Stimme immer kräftiger, als ob auf einer Orgel alle Register gezogen würden. Es war eine Melodie, die ich und auch die anderen bestimmt noch nie gehört hatten. Selbst die Sprache war unbekannt. Die Melodie enthielt die ganze Skala der Gefühle. Zuerst etwas traurig und melancholisch, dann voller Aufschwung und Zuversicht. Ich hatte das Gefühl, daß ich über mir schwebe, deshalb konnte ich auch meine Tränen nicht mehr zurückhalten, selbst die Männer hatten damit zu kämpfen. Als Juri geendet hatte, nahm er die Arme herunter und verbeugte sich vor dem Baum und stand wieder auf. Karin ging dann auf ihn zu und nahm ihn in den Arm. Als sich auch unsere Starre gelöst hatte, fragten wir ihn, wo er denn das schöne Lied gelernt hätte. Er meinte dann nur, daß er nicht wissen würde, es kam einfach so aus ihm heraus, und ob er es noch einmal singen könnte, glaube er nicht.

Als wir dann beim Abendessen saßen, meinte Juris Großvater, daß er sicher wäre, daß der Text des Liedes in der Sprache der ›Faxorer‹ gewesen ist, denn wenn sie bei uns eine neue Heimat finden möchten, wollen sie bestimmt ihre Kultur nicht verlieren. Daß nach dem

Essen der Selbstgebrannte vom Nachbar nicht fehlen durfte, ist auch schon Kultur. Nachdem wir die Gläser schon in der Hand hatten, meinte der Hausherr, ob jemand einen Trinkspruch zum Besten geben möchte, ich mich meldete und das aussprach, was ich mir für die Zukunft erhoffe. »Wir wollen das Glas erheben, damit sich alle Religionen der Welt zu einer friedlichen, für den Menschen annehmbaren Einheit zusammenfinden werden und unsere Erde wieder das sein kann, was sie früher war, Natur – und wir ihre Gesetze wieder wahrnehmen.«

Darauf folgte eine nicht unheimliche, sondern eine entspannte Stille, als wir unsere Gläser erhoben und tranken. Daraufhin sah uns Juri wieder mit großen Augen an, denn er konnte sich nicht vorstellen, was wir so Geheimnisvolles zu uns nahmen, und er nichts davon abbekam, obwohl sein Großvater ihm erklärt hatte, daß es Schnaps wäre und nicht für Kinder geeignet ist, wahrscheinlich würde es doch ein Zaubertrank sein. Deshalb meinte er ganz erst, daß auch er einen Trinkspruch sagen möchte.

Er könnte nur das wiederholen, was Tante Gudrun gesagt hatte, aber er könnte versprechen, daß sie alles tun würden, um unsere Welt schön und lebenswert zu erhalten. Daß das nicht von heute auf morgen geschehen kann, müßte man verstehen. Auch sie könnten die Erdenmenschen nicht über Nacht zu Engel machen. Sie können unser Macht- und Geldgier, die uns dazu zwingt, Gift herzustellen, um Mensch, Tier und der Erde zu schaden, nicht einfach stoppen. Sie können uns auch noch nicht daran hindern, uns nur aus Haß gegenseitig zu vernichten. Leider können sie auch nicht der Erde versprechen, daß sie ihre Schmerzen, die wir ihr angetan haben, vergessen kann. Sie wird sich daher immer öfter aufbäumen und es werden nicht nur auf der anderen Seite der Erde Katastrophen eintreten, sondern auch hier in Europa Zerstörungen stattfinden. Sie aber kann sich nur mit Erdbeben und sintflutartigen Regenfälle verteidigen. Vielleicht hat der erste Streich in Hongkong die Menschen etwas nachdenklich gemacht. Danach breitete er wieder die Arme aus, als wollte er uns segnen. Wir konnten dabei nur mit dem Kopf nicken und ich glaube, jeder von uns zweifelte nicht an seinen Worten.

Dann kam wieder das Kind zum Vorschein und er holte seine Skier hervor, die er als Geschenk bekam und wollte immer wieder wissen, was er damit machen kann, und nicht begreifen konnte, daß er bis morgen damit warten müßte, um sie ausprobieren zu können, aber die Stiefel hatte er nicht mehr ausgezogen, denn das war bestimmt schon ein Erlebnis für seine, an Sandalen gewöhnte Füße.

Plötzlich nahm Robert meine Hand und meinte: »Wenn man Juri so beobachtet, dann könnte es einem schon leid tun, daß wir keine Kinder haben, vielleicht erwartet sie trotz aller schlechten Aussichten und Vorhersagen eine Zukunft, wie es für Kinder Gottes, egal was für einer, zustehen würde.«

Als wir nach dem, sich in die Länge ziehenden Weihnachtsabend, endlich unser Zimmer aufsuchten und schon ausgezogen waren, ich noch ans Fenster trat, teilten sich die Wolken und die jetzt zunehmende Mondsichel lachte mir ins Gesicht, so wenigstens hatte ich diesmal das Gefühl, denn die Angst der letzten Jahre war wenigstens in dieser Nacht verschwunden. Als mich Robert dann in den Arm nahm, glaubten wir, in eine glückliche Hülle eingeschweißt zu werden, die wir bestimmt nicht zerstören werden.